suhrkamp taschenbuch 3303

Im *Tristanakkord* geht es um die Musik und darum, wie ein junger Mann in die Fänge eines Komponisten gerät. Er folgt diesem nach Schottland, New York und Sizilien, wo er, von dem Klangkünstler angeheuert, um an der Niederschrift von dessen Memoiren mitzufeilen, von einer seltsamen Erfahrung in die andere taumelt. Und offenbar wird die Geschichte eines jungen Mannes, der in der Kunst das Licht der Welt sehen will und darüber, geblendet und verwirrt, in ein krudes Dunkel gerät, ja ganz den Boden unter den eigenen Füßen zu verlieren droht. Georg Zimmer, der schüchterne Doktorand aus Berlin, muß am Ende eines *andante furioso* erkennen, daß Meistern, die vom Himmel fallen, zutiefst zu mißtrauen ist.

Mit *Tristanakkord* ist Hans-Ulrich Treichel ein Roman gelungen, der mit seiner stilistisch eleganten, atmosphärisch genauen und mitreißend komischen Erzählweise an das erfolgreiche Buch vom *Verlorenen* anschließt. Was jenem von der Kritik attestiert wurde, »zum Heulen traurig, zum Weinen schön« zu sein, das trifft auch auf den *Tristanakkord* zu, und jeder Leser, der um den verlorenen Arnold gebangt hat, wird den so ängstlichen wie erwartungsvollen Georg Zimmer lieben.

»Wann gibt es schon deutschsprachige Literatur, über die man wirklich lachen kann! Treichel ist ein wirklich witziger, geistreicher Autor.« Sigrid Löffler, Literarisches Quartett

Hans-Ulrich Treichel, 1952 in Versmold/Westfalen geboren, lebt in Berlin und Leipzig. Zuletzt erschien von ihm als suhrkamp taschenbuch die Erzählung *Der Verlorene* (st 3061).

# Hans-Ulrich Treichel
# Tristanakkord

*Roman*

Suhrkamp

Umschlagfotos: Hermann Michels, Getty Images

suhrkamp taschenbuch 3303
Erste Auflage 2001

Druck: Ebner Ulm
Printed in Germany

2 3 4 5 6 – 06 05 04 03

# Tristanakkord

Drei Kartons mit dem Aufdruck »La Grange Neuve de Figeac« standen auf der Kaimauer, gleich neben dem eisernen Poller, an dem die Fähre vertäut wurde. Er war der einzige Tourist auf dem Schiff gewesen, bei allen anderen handelte es sich um Einheimische, die ohne viel Gepäck reisten und sogleich zu ihren in der Nähe abgestellten Autos oder Fahrrädern eilten. Auch die Fähre hielt sich nicht lange auf und drehte nach kurzer Zeit wieder ab. Obwohl es August war und auf dem europäischen Festland eine Hitzewelle herrschte, regnete es auf der Insel. In Glasgow, wo er umgestiegen und mit einem sogenannten Airshuttle bis auf die Insel Skye weitergeflogen war, hatte es ebenfalls geregnet. Nur während der Überfahrt von Skye nach Lewis blieb es trocken, so daß er die meiste Zeit an Deck verbracht und auf die Küstenlandschaft mit ihren grünen Weiden und den zumeist bescheidenen weißen Häusern geschaut hatte, deren einzige Auffälligkeit darin bestand, daß sie zwei Kamine besaßen. Sobald er an Land gegangen war, setzte auch der Regen wieder ein. Das schlechte Wetter machte ihm nicht viel aus, er wußte, was ihn in Schottland erwartete, und hatte genügend wetterfeste Kleidung dabei. Er würde allerdings noch lernen, daß ein schottischer Regentag nicht identisch mit schlechtem Wetter sein mußte. Es gab Regentage mit Sonne und Regentage ohne Sonne. Erstere galten hier als gutes, letztere als schlechtes Wetter. Heute war schlechtes Wetter, das sich allerdings soeben in gutes verwandelte. Wohl regnete es unvermindert weiter, doch rissen innerhalb weniger Augenblicke die Wolken auf und gaben ein Stück blauen Himmel frei, aus dem eine nicht allzu warme Augustsonne herabschien. Als er gerade dabei war, zu begreifen, daß man sich in Schottland auch bei gutem Wetter die Regenjacke besser nicht auszieht, sah er auf der leicht ansteigenden Straße, die in das Innere der Insel führte, einen Wagen heranrollen. Das mußte sein Gastgeber sein. Bei dem Wagen handelte es sich um eine schwarze Limousine, die von fern wie ein Rolls Royce aussah und ihn beunruhigte. Er hatte keine Ahnung, warum ein Rolls Royce ihn beunruhigen sollte, doch spürte er, daß sich sein Pulsschlag beschleunigte, und zugleich fühlte er ein Brennen im Hals und Druck unter dem Gaumen. Als der Wagen bis an die Kaimauer herangefahren war, sah er, daß es sich nicht um einen Rolls Royce, sondern um einen Bentley handelte. Merkwürdigerweise milderten sich das Brennen im Hals und der Druck unter dem Gaumen, obwohl ihn ein Bentley nicht weniger beeindruckte als ein Rolls Royce. Noch ehe er sein

Gepäck aufheben und sich zum Einsteigen bereit machen konnte, stieg der Fahrer des Wagens aus. Der Mann trug einen grauen Anzug, Handschuhe in einem etwas helleren Grau und eine Chauffeursmütze. Er ging auf ihn zu, machte aber keine Anstalten, ihm die Hand zu geben oder ihn auch nur zu begrüßen, sondern sagte bloß, während er scharf an ihm vorbei und auf die Kartons blickte: »The wine.« Dann öffnete er den Kofferraum und lud den Wein in den Wagen. Das tat er sehr vorsichtig, die Kartons waren vom Regen aufgeweicht, und er mußte jeden einzelnen von unten umfassen. Als auch der dritte Karton verladen war, setzte sich der Chauffeur wieder hinter das Steuer und rollte davon, ohne ihn noch eines weiteren Blickes zu würdigen. Inzwischen war aus dem guten schottischen Regenwetter wieder schlechtes schottisches Regenwetter geworden. Die Sonne war verschwunden, vom Meer war ein kühler Wind heraufgekommen, der Regen war heftiger geworden, und er fürchtete, trotz seiner Regenkleidung durchnäßt zu werden. Kalt war ihm jetzt schon, seine Füße fühlten sich feucht an, und er suchte neben dem Kassenhäuschen Schutz. Ihm blieb nichts anderes übrig, als zu warten. Er hatte keine Adresse von seiner Unterkunft; er hatte nur die telegrafische Nachricht erhalten, daß man ihn von der Nachmittagsfähre abholen würde. Die Fähre, mit der er gekommen war, war die Nachmittagsfähre, eine andere gab es nicht. Er wußte nicht einmal, wo genau sein Gastgeber wohnte und wo auch er wohnen sollte. Er wußte nur, daß es sich um den schottischen Wohnsitz eines englischen Komponisten handelte, der ein berühmter Kollege seines ebenfalls berühmten Gastgebers war und der seiner schwermütigen Frau zuliebe nun in Südfrankreich lebte, das Haus aber nicht aufgeben wollte und es seinem Gastgeber zur Verfügung gestellt hatte. Der englische Komponist hieß Robert Leech, er hatte jedoch noch nie Musik von Robert Leech gehört. In Deutschland hörte man die Musik dieses Komponisten nicht. Und er schon gar nicht. Er könnte jetzt im Telefonbuch nachschauen und seinen Gastgeber anrufen, aber er sah keine Telefonzelle. An einen Fährhafen gehört eine Telefonzelle, dachte er und begann mit den schottischen Telefonverhältnissen zu hadern. Doch hier war keine Zelle, und wenn er die Straße hinaufblickte, sah er nur ein graues, von Schafweiden gesäumtes Asphaltband, an dem kein einziges Haus und auch keine Telefonzelle standen und das sich schon bald hinter einem grasbewachsenen Hügel verlor. Inzwischen hatte der Regen wieder nachgelassen, und die dichte, wie aus Beton gegossene Wolkenwand war bis auf wenige Wölkchen verschwunden. Wohl regnete es immer noch, doch war aus dem eher deprimierenden schauerartigen Regen nun ein fröhlicher Sprühregen geworden, in dem die Sonnenstrahlen spielten und immer wieder Bruchstücke eines Regenbogens erzeugten, die wie Irrlichter mal hier, mal dort aufleuchteten und sogleich wieder verschwanden. Und noch ehe er den Wetterwechsel ganz begriffen hatte, sah er, daß sich in der Ferne und über der Straße ein großer, wahrhaft beeindruckender Regenbogen gebildet hatte: Eine Art Triumphbogen illuminierte die Landschaft, der sich mit allem messen konnte, was man sonst nur im Kino, auf Kitschpostkarten und Reklameplakaten zu sehen bekam. Doch er war nicht im Kino, dieser Regenbogen war echt, und echt war auch der schwarze Bentley, der erneut zwischen den Hügeln auftauchte, langsam und beinahe lautlos unter dem Regenbogen hindurchfuhr und auf den Hafen zusteuerte. Der Wagen rollte wieder bis an die Kaimauer heran, und wieder stieg der Chauffeur aus dem Wagen. Nun allerdings tippte er zuerst mit der Hand an die Mütze, sagte dann auf deutsch, daß er sich freue, ihn auf der Insel begrüßen zu dürfen, sein Name sei Bruno, und Herr Bergmann erwarte ihn bereits. »Ich freue mich ebenfalls«, erwiderte Georg, »mein Name ist Georg Zimmer.« Georg wollte dem Chauffeur, der inzwischen um den Wagen herumgekommen war und jetzt neben ihm stand, die Hand reichen, doch dieser wich seiner ausgestreckten Hand aus und griff seitlich nach unten, in Richtung des Gepäcks. Georg errötete, ließ seine Hand aber noch einen Moment in der Luft schweben, während der Chauffeur sich dem Gepäck zuwandte. Dann setzte er sich in den Fond des Wagens, der geräumig genug war, um entspannt die Beine auszustrecken, und dachte darüber nach, warum ihm der Chauffeur den Handschlag verweigert hatte. Es mußte an den Handschuhen liegen. Wahrscheinlich gab man einem Chauffeur mit Handschuhen nicht die Hand. Schließlich müßte sich dieser, um nicht unhöflich zu sein, die Handschuhe ausziehen. Aber ein Chauffeur hatte sich nicht die Handschuhe auszuziehen. Er würde sich in Zukunft zurückhalten, bestimmte Fehler macht man nur einmal, sagte sich Georg, während der Wagen die Küste verließ und in das Innere der Insel abbog. »Sind Sie schon immer Chauffeur?« fragte Georg, weil er das Gefühl hatte, irgend etwas sagen zu müssen. Der Chauffeur reagierte mit einem überaus knappen »Nein!«, so daß Georg beschloß, von nun an nichts mehr zu sagen, sondern die Fahrt zu genießen, die durch die immergleiche grüne Hügellandschaft führte, aus der ganz Schottland zu bestehen schien. Die Landschaft gefiel ihm nicht. Sie erinnerte ihn an die Gegend in Norddeutschland, in der er aufgewachsen war. Nur daß dort die Hügel fehlten. Aber auch mit Hügeln hätte ihm seine Heimat nicht gefallen. Er hatte das Wiesen- und Weideland, das sich um seinen Heimatort ausbreitete und durch das er als Junge endlose, verzweifelte Fahrradfahrten gemacht hatte, immer »Die grüne Hölle« genannt. Die Fahrradfahrten wären mit Hügeln natürlich nicht möglich gewesen. Oder sie wären noch verzweifelter ausgefallen. Nun aber fuhr er nicht Fahrrad, sondern rollte in einem schwarzen Bentley über die schmalen Straßen einer Hebrideninsel. Er war auch kein Junge mehr, sondern ein jüngerer Mann, der gerade sein Studium beendet hatte und einerseits ängstlich, andererseits erwartungsvoll in die Zukunft blickte. Ängstlich insofern, als es sich bei dem Studium um ein Germanistikstudium handelte und ihm vorerst nichts anderes übriggeblieben war, als sein Abschlußzeugnis mit dem im Prinzip sehr gut klingenden Titel »Magister Artium« und der leider nicht allzu guten Note »Gut« erst beim Arbeitsamt und dann beim Sozialamt vorzulegen. Aber auch mit der Note »Sehr gut«, die in Wahrheit eher einem »Gut« entsprach, während das »Gut« eher einem »Befriedigend« entsprach, hätte man ihm beim Arbeitsamt nicht weiterhelfen können. Darum wurde er zum Sozialamt geschickt, das sich ohne Zögern bereit erklärte, für seine Miete einschließlich Strom und Heizung sowie die Krankenversicherung aufzukommen. Da er sich zusammen mit zwei ehemaligen Kommilitonen eine Wohnung teilte, laut Mietvertrag aber bei einem von ihnen zur Untermiete wohnte, bestätigte ihm der Hauptmieter kurzerhand einen doppelten Mietpreis. Außerdem zahlte man ihm an der Kasse des Kreuzberger Sozialamtes, das sich am Mariannenplatz im ehemaligen Krankenhaus Bethanien befand, an jedem Monatsersten so etwas wie ein Taschengeld aus. Wenn er alles zusammenrechnete, doppelte Miete, Krankenversicherung, Taschengeld, dann mußte er feststellen, daß er noch niemals über soviel Geld verfügt hatte. Er betrachtete die Zuwendungen vom Sozialamt als sein erstes Magistergehalt, das er dazu nutzte, an einer Sammlung von Gedichten sowie dem Antrag für ein Doktorandenstipendium zu schreiben. Während ihm die Gedichte flüssig von der Hand gingen und er auch bald einen Kleinverlag gefunden hatte, der sie publizieren wollte, wäre er an dem Antrag beinahe gescheitert. Das hatte zum einen daran gelegen, daß es ihm unmöglich schien, eine noch nicht geschriebene Doktorarbeit auf wenigen Seiten sinnvoll zusammenzufassen. Darüber hinaus sollte diese Zusammenfassung deutlich machen, daß es sich bei dem Thema der Doktorarbeit um ein sogenanntes Forschungsdesiderat handelte. Er hatte erst einmal im

Fremdwörterduden nachschauen müssen, was ein Forschungsdesiderat überhaupt ist, bevor er sich daranmachen konnte, seine noch nicht geschriebene, aber bereits zusammengefaßte Doktorarbeit als ein Forschungsdesiderat darzustellen. »Desiderabel« gleich »wünschenswert« las er im Wörterbuch. Ein Forschungsdesiderat war also ein wünschenswertes Forschungsergebnis und nicht etwa eines, das zu wünschen übrigließ. Ein Forschungsdesiderat war etwas, was noch nicht da war, aber da sein sollte. Ob sein sogenanntes Forschungsvorhaben zugleich ein Forschungsdesiderat darstellte, darüber hatte die zuständige Kommission zu entscheiden. Das Thema seiner noch zu schreibenden Doktorarbeit lautete: »Das Vergessen in der Literatur«. Da er über das Vergessen in der Literatur bisher noch so gut wie keine Literatur gefunden hatte, war er überzeugt davon, daß es sich bei seiner Arbeit um ein Forschungsdesiderat handelte. Sein Doktorvater hatte gegen das Thema keine Einwände gehabt, sondern ihn mit einem »Da bin ich aber gespannt« freundschaftlich ermutigt. Natürlich hatte er das Thema »Vergessen« nicht nur deshalb gewählt, weil es darüber so gut wie keine Literatur gab. Er hatte sich für das Thema auch deshalb entschieden, weil er überzeugt davon war, daß das Vergessen für die Literatur eine ebenso wichtige Rolle spielte wie die Erinnerung. Wobei diese wichtige Rolle mehrere Aspekte hatte: Da war zum einen das Vergessen des Gelesenen durch den Leser. Das war der rezeptionsästhetische Aspekt, der ihm der vertrauteste war. Hinzu kam der produktionsästhetische Aspekt: das Vergessen des Geschriebenen durch den Autor. Dieser war ihm weniger vertraut, da er wohl ein Leser von vielen und von ihm selbst auch bald wieder vergessenen Büchern war, aber nur der Autor eines einzigen und ihm noch durchaus gegenwärtigen Lyrikmanuskripts. Der rezeptionsästhetische Aspekt würde ihm weniger Schwierigkeiten machen als der produktionsästhetische, obwohl er genügend Aussagen von Schriftstellern kannte, die behaupteten, ihre eigenen Bücher nach Fertigstellung sofort zu vergessen. Ihm ging es freilich um mehr, vor allem hinsichtlich des zweiten Aspekts. Er wollte nicht nur zeigen, daß das Geschriebene vom Autor vergessen wird. Er wollte darüber hinaus nachweisen, daß das Geschriebene nur geschrieben wird, um vom Autor vergessen zu werden. Schließlich der dritte, motivgeschichtliche Aspekt. Er würde das Herzstück der Arbeit bilden, ging es ihm hierbei doch um alle die literarischen Texte, die vom Vergessen handelten. Ihre Anzahl, das ahnte er, waren Legion. Allerdings hatte er bisher noch keinen einzigen dieser Texte gefunden. Alle Texte, von denen er überzeugt war, daß sie vom Vergessen handelten, handelten, wenn er sie sich genauer besah, vom Erinnern. Er durfte aber keinesfalls eine Arbeit über das Erinnern schreiben. Denn diese Arbeiten waren ebenfalls Legion. In den letzten Jahren waren Dutzende von Doktorarbeiten über das Erinnern in der Literatur geschrieben worden, und es wäre nicht zuletzt auch ein laufbahn- und karrieretaktischer Fehler, noch eine weitere Arbeit darüber zu schreiben. »Lethe«, hatte sein Doktorvater gesagt, »und nicht Mnemosyne«, und ihm dabei ein schelmisches Lächeln zugeworfen. Lethe war für ihn kein Problem gewesen, Mnemosyne dagegen hatte ihn irritiert, und noch ehe er seinem Doktorvater mit einem verlegenen »Ist ja klar, wie abgemacht!« antwortete, wußte er, daß er in *Hungers Lexikon der griechischen und römischen Mythologie* nachschlagen mußte. Lethe hatte er längst schon nachgeschlagen, außerdem war er im Emsland aufgewachsen. Und die Ems war ihm bereits zu Kindheitszeiten immer vorgekommen wie der Fluß aus dem Mythologielexikon. Die Ems, an deren Ufer die Kühe grasten und wo er einen großen Teil seiner Kindheit verbracht hatte, war für ihn schon damals, als er noch nicht die geringste Ahnung davon hatte, daß es so etwas überhaupt gibt, der Strom des Vergessens gewesen. Wenn er am Ufer des Flusses saß, hinter sich die Kühe und das flache, kahle Land und vor sich das immer ein wenig grünlich schimmernde Wasser, ergriff ihn oft eine frühkindlich-heitere Leere. Dann sah er sein Leben das breite Gewässer hinabschwimmen. Sah seine Schulzeugnisse wie Laub auf dem Wasser vorbeitreiben, sah das schwarze Klavier, das leicht und wie aus Balsaholz schien, sah das rostfarbene Wohnküchensofa, das samtbezogene Kissen, auf dem der Hund es sich wieder einmal unerlaubterweise bequem gemacht hatte, sah die Prothese des Vaters mit dem schwarzen Lederhandschuh, die beinahe aufrecht aus dem Wasser ragte, und sah am Ende auch sich selbst, ungestalt und übergewichtig, mit von Frisiercreme glänzenden Haaren und einem akkurat gezogenen Scheitel, auf dem Wasser vorbei- und in Richtung Emsfelde treiben, dem nächstgelegenen größeren Ort. Und während sein Leben, seine Familie und auch er selbst so an ihm vorübertrieben, wurde er leicht wie eine der Schwalben, die im Sommer die Feldwege und Wiesenraine hinauf- und hinabjagten, und sein Kopf wurde auf eine glückhafte Weise vergeßlich. Er vergaß das Klavier und die Schulzeugnisse, er vergaß den Vater und seine Prothese, er vergaß das Wohnküchensofa, den Scheitel auf seinem Schädel und das Fett in seinem Haar, das Sofa und das Samtkissen. Nur den Hund vergaß er nicht und auch nicht, daß alles, was an ihm vorbeitrieb, Richtung Emsfelde trieb. Und während er noch immer das Wasser des vertrauten Flusses an sich vorbeifließen sah und daran dachte, daß er mit den Eltern einmal nach Emsfelde gefahren war, um seinen Konfirmationsanzug zu kaufen, und daß sie danach noch in einer in der Nähe gelegenen Dorfkirche eine Sammlung alter Herdfeuerplatten besichtigt hatten, bei der es sich um eine der vollständigsten Herdfeuerplattensammlungen überhaupt handeln sollte, bremste die Limousine scharf und riß ihn aus seinen Gedanken. Das Wasser vor ihnen war nicht die Ems, sondern der Sund von Lewis. Der Chauffeur steuerte eine Anlegestelle an, stoppte den Wagen und sagte, daß das Boot gleich kommen müsse. Sie waren am Ende der Insel angelangt und anscheinend noch immer nicht am Ziel. »Wir bleiben nicht auf Lewis?« fragte Georg den Chauffeur. »Nein«, antwortete dieser, »Herr Bergmann wohnt auf Scarp.« Dann stieg er aus dem Wagen und zündete sich eine Zigarette an. Während der Chauffeur an der Anlegestelle auf- und abging, blieb Georg im Wagen, froh, nicht mit dem Chauffeur sprechen zu müssen. Außerdem wurde er ein wenig nervös, denn eine Reise wie diese hatte er noch niemals gemacht. Bisher war er nur gereist, um Ferien zu machen. Diesmal reiste er, um zu arbeiten. Ein Freund hatte ihm die Arbeit vermittelt. Eigentlich sollte der

Freund sie selbst übernehmen, war aber erkrankt und fühlte sich verpflichtet, Bergmann einen Ersatz zu besorgen. Georg hatte das Angebot sofort akzeptiert. Schließlich handelte es sich bei seinem Auftraggeber um einen berühmten Komponisten, zudem schien die Arbeit nicht allzu schwierig und für einen arbeitslosen Germanisten genau das richtige zu sein. Sie bestand darin, dem Komponisten bei der Überarbeitung und Korrektur seiner Lebenserinnerungen zu helfen, die dieser im darauffolgenden Jahr veröffentlichen wollte. Daß Bergmann ein berühmter Komponist war, wußte er natürlich. Aber er wußte nicht, wie berühmt Bergmann war. Das hatte er erst von einem Studienkollegen erfahren müssen, dem er von seinem Job auf den Hebriden erzählt hatte und der, als er den Namen des Komponisten erfuhr, mit einer Art Kreislaufkrise reagierte. Es hätte nicht viel gefehlt, und der Studienkollege wäre, als Georg den Namen »Bergmann« aussprach, in sich zusammengesunken, so bleich wurde er plötzlich, und so sehr schien das Blut seine Adern in Richtung Erdboden hinabzustürzen. Dann, nachdem der Studienkollege sich ein wenig erholt hatte, hatte er Georg darüber aufgeklärt, daß es sich bei Bergmann nicht um irgendeinen berühmten deutschen und noch lebenden Komponisten handele, sondern um den berühmtesten lebenden deutschen Komponisten schlechthin. Allerdings gebe es noch einen zweiten berühmtesten lebenden deutschen Komponisten schlechthin namens Nerlinger, doch sei Nerlinger dies nur für die ausgesprochenen Nerlingerfans, während Bergmann dies nicht nur für die Bergmannfans sei, sondern für alle Musikliebhaber, sofern diese keine Nerlingerfans seien. Er selbst, so der Studienkollege, sei ebenfalls kein Nerlingerfan, er sei allerdings auch nicht unbedingt ein Bergmannfan. Doch gerade darum könne er mit einer gewissen Objektivität und gleichsam ohne Eigeninteresse sagen, daß Bergmann der bedeutendste und Nerlinger der zweitbedeutendste lebende deutsche Komponist sei. Daß er für Bergmann persönlich arbeiten dürfe, so der Studienkollege, sei nicht irgendein Job, sondern die Chance seines Lebens. Für Bergmann arbeiten, das sei in gewisser Weise so, als würde man für Brahms arbeiten. Oder für Beethoven. Nun wiederum hatte Georg das Gefühl, daß sein Blut abrupt die Blutgefäße hinunterstürzte, so daß er für einen Moment schwankte und sich eine Sitzgelegenheit suchte. Sein Freund, der ihm die Arbeit vermittelt hatte, hatte ihm zwar gesagt, daß es sich bei Bergmann um einen berühmten Komponisten handle. Aber er hatte ihm nicht gesagt, daß es sich dabei um eine Art Brahms oder Beethoven handle. Auf Brahms oder Beethoven aber fühlte er sich nicht vorbereitet. Wie redete man mit

Brahms? Was sagte man zu Beethoven? Um nicht gänzlich unvorbereitet zu sein, hatte Georg vor seiner Abreise noch schnell die Bibliothek des Musikwissenschaftlichen Instituts der Freien Universität aufgesucht. Auf seine Frage, ob sie irgend etwas über Bergmann hätten, hatte die Bibliothekarin geantwortet, daß in den letzten dreißig Jahren über keinen lebenden deutschen Komponisten soviel publiziert worden sei wie über Bergmann. Ganz abgesehen davon, daß auch kein lebender deutscher Komponist soviel über sich selbst publiziert habe wie Bergmann. Sie hätten ungefähr dreihundert Titel Sekundärliteratur über Bergmann und mehr als einhundertzwanzig Titel Primärliteratur von Bergmann. Aufsätze, Artikel, Vorträge und anderes natürlich eingeschlossen. Aber falls er sich erst einmal dem Thema annähern wolle, empfehle sie, die einschlägigen Lexika zu konsultieren, vor allem die MGG sowie den Grove. Mit der MGG hatte die Bibliothekarin die sogenannte *Musik in Geschichte und Gegenwart* gemeint und mit dem Grove das *Grove Dictionary of Music and Musicians*. In beiden Lexika fand Georg umfangreiche Darstellungen zu Leben und Werk Bergmanns, wobei sich erstens herausstellte, daß die Artikel über Bergmann um einiges länger als die über Nerlinger waren und daß zweitens Bergmann ebenfalls im Emsland geboren war. Und zwar in einem Marktflecken namens Schredeborg, der gar nicht weit von Emsfelde entfernt war. Bergmanns emsländische Herkunft freute Georg. Sie hatten die gleichen Wurzeln. Sie hatten die gleiche Luft geatmet und in den gleichen Himmel geschaut. Allerdings hatte Bergmann nur wenige Jahre in Schredeborg gelebt und war dann mit seinen Eltern nach Berlin gezogen, um schließlich, noch als Jugendlicher, nach Schweden zu emigrieren, da sein Vater als aktiver Sozialdemokrat politisch verfolgt wurde. Aus Schweden war Bergmann nach dem Krieg nicht mehr nach Deutschland zurückgekehrt, sondern nach Italien gegangen. Zuerst nach Florenz und dann nach Sizilien, wo er in der Nähe des Küstenortes San Vito Lo Capo eine von olivenbestandenen Hügeln umgebene Villa bewohnte. Von Schredeborg nach San Vito Lo Capo. Und nun die Hebriden, wo Bergmann anscheinend den Sommer verbrachte. Georg war beeindruckt. Nicht nur wegen des sizilianischen Wohnsitzes Bergmanns und wegen der Hebriden, sondern auch wegen seines Werkverzeichnisses, das im *Grove* mehrere Spalten einnahm. Georg hatte kein Werkverzeichnis. Er hatte nur die Zusammenfassung einer noch nicht geschriebenen Doktorarbeit sowie ein Lyrikmanuskript vorzuweisen, das in einem Berliner Kleinverlag mit dem Namen »Edition Ausweg« erscheinen sollte. Wohl mußte er keinen Druckkostenzuschuß zahlen, aber er sollte auch kein Honorar erhalten, sondern mit Naturalien, das heißt Belegexemplaren, abgefunden werden. Er würde sich darauf einlassen, als Lyriker hatte man keine Wahl, aber er wußte, daß die Edition Ausweg eine Sackgasse war. Kein Wunder, schließlich hatten sich alle seine künstlerischen Anstrengungen bisher als Sackgasse erwiesen. Wohl hatte er schon früh einen Hang zur Kunst und speziell zur Musik in sich gespürt, aber viel erreicht hatte er damit nicht. Und zu schreiben hatte er erst begonnen, als er mit der Musik nicht mehr weiterkam. Lieber noch als Schriftsteller wäre Georg Musiker. Am liebsten Gitarrist. Popgitarrist. Oder aber Pianist. Klaviervirtuose. Musikalisch war er insofern vorgeprägt, als er bereits auf der Grundschule Blockflötenunterricht erhalten hatte. Der war allerdings nicht weit über ein Herauf- und Herunterspielen der Tonleiter hinausgegangen. Darüber hinaus hatte er, wie wohl die meisten seiner Mitschüler auch, die Blockflöte weniger als Musikinstrument und mehr als Disziplinierungsinstrument erlebt. Blockflöte spielen, das hieß, sich nachmittags bei der Lehrerin einfinden, mit sauberem Hemd, sauberen Fingern und dem festen Vorsatz, aufrecht und gerade zu sitzen. Wer nicht aufrecht sitzt, hatte die Lehrerin gesagt, der ist von vornherein für die

Blockflöte verloren. Wer nicht aufrecht sitzt, der nimmt seinem Atem den Halt und versperrt ihm den Weg. Und wer seinem Atem den Halt nimmt und ihm den Weg versperrt, der nimmt in gewisser Weise auch sich selbst den Halt und versperrt sich selbst den Weg. Insofern war der Blockflötenunterricht für die Lehrerin mehr als nur Musikunterricht. Blockflötenunterricht war, so die Lehrerin, »Wegbereitung«. Der Unterricht bereite dem jungen Menschen den Weg sowohl ins Leben wie auch zu sich selbst. Und natürlich auch zur Blockflöte. Der Weg, den die Lehrerin Georg ins Leben, zu ihm selbst und zur Blockflöte bereitet hatte, war mit verschiedenen Peinlichkeiten gepflastert. Eine davon war auch im physischen Sinne schmerzhaft gewesen, hatte die Lehrerin doch die Angewohnheit gehabt, die Blockflötenschüler in die Wange zu kneifen. Wer falsch spielte, wurde in die Wange gekniffen, wer sich schlecht hielt, wurde in die Wange gekniffen, und wer während des Unterrichts Blödsinn machte, wurde ebenfalls in die Wange gekniffen. Wobei in besonders krassen Fällen das Kneifen in die Wange noch durch eine Drehung verstärkt wurde. Zum Blockflötenunterricht als Wegbereitung hatte auch die mit dem Gebrauch der Blockflöte verbundene Reinlichkeitserziehung gezählt. Da das Spiel auf der Flöte mit einem verstärkten Speichelfluß einherging, konnte es leicht in eine unappetitliche Angelegenheit ausarten, wenn man nicht verschiedene Maßnahmen dagegen ergriff. »Speichelkontrolle« hatte das die Lehrerin genannt und damit vor allem die Kontrolle der Mundwinkel gemeint, durch die der Speichel zuallererst heraustreten konnte. Die Mundwinkel mußten einerseits fest verschlossen, durften andererseits aber nicht unbeweglich sein, was die Formung des Luftstroms beeinträchtigt hätte, der wiederum über Klang und Fülle des Flötentons entschied. Die Mahnung der Lehrerin, die Mundwinkel einerseits fest verschlossen und andererseits doch beweglich zu halten, führte bei Georg und den meisten der Mitschüler zu starr verschlossenen Mundwinkeln, durch die sich irgendwann ein nicht mehr zu kontrollierender Speichelfluß seinen Weg nach draußen suchte. Das war der Moment des Taschentuchs, das immer ein sauberes Taschentuch zu sein hatte und ohne das man es nicht wagen durfte, beim Unterricht zu erscheinen. Eine weitere Peinlichkeit des Unterrichts war mit der sogenannten »Instrumentenpflege« verbunden. »Instrumentenpflege ist Charakterpflege«, hatte die Lehrerin gesagt, denn wer sein Instrument vernachlässige, der vernachlässige auch sich selbst. Obwohl Georg und seine Mitschüler damals sehr junge und noch in der Latenzzeit befindliche Knaben waren, hatten sie doch die sexuelle Bedeutung des Wortes Instrumentenpflege bemerkt und es nicht vermeiden können, daß sich ein Grinsen ihrer Mienen bemächtigte, wenn sich die Lehrerin dem Thema »Das Instrument und seine Pflege« zuwandte. Natürlich war ihm und seinen Mitschülern damals weder die Phallusförmigkeit der Blockflöte wirklich bewußt gewesen, noch hatten sie gewußt, daß die Flöte einer Welt entstammte, in der es zuweilen recht wüst und lüstern zugegangen war. Wohl hatten sie gelegentlich gegrinst, waren aber vom Eros des Flötenspiels äußerst weit entfernt, und die einzige Sehnsucht, die das Blockflötenspiel in Georg ausgelöst hatte, war die Sehnsucht danach, nie wieder mit tropfenden Mundwinkeln musizieren zu müssen. Dann hatte es Georg, nach einigen Jahren musikalischen Stillstands, mit der Gitarre probiert. Auslöser für Georgs Gitarrenbegeisterung war eine Schallplatte mit einem grünen Etikett und der Aufschrift »Odeon«. Auf der Schallplatte war der erste Beatles-Song seines Lebens. Er dauerte 2 Minuten 27 Sekunden und hatte den Titel: »I want to hold your hand«. Der Song bemächtigte sich seiner so sehr, daß er schon nach dem ersten Hören wußte: Ich bin ein Beatle. Nun mußte er nur noch das Gitarrenspiel lernen. Es fügte sich, daß in der Schule ein Gitarrenkurs angeboten wurde und daß sich schnell eine kleine Gruppe von Gleichaltrigen fand, die ebenso wie Georg eingebildete Johns, Georges oder Pauls waren. Alle hatten sie vorher noch niemals eine Gitarre in der Hand gehabt und somit die besten Voraussetzungen, das Instrument von Grund auf zu erlernen. Die Blockflöte schaffte vor allem Verlegenheiten, verlangte Unterwerfung und war für eine Popkarriere gänzlich ungeeignet. Anders die Gitarre, die eine rebellische Aura hatte und von der sich Georg einiges erhoffte. Er wollte kein aus dem Munde tropfender Flötenspieler mehr sein, sondern ein Held der Gitarre. Allerdings hatten schon die ersten Zupfversuche das bewunderte Saiteninstrument in gewisser Weise wieder in eine Blockflöte zurückverwandelt. In ein Instrument also, das vor allem Unterwerfung verlangte. Er hatte davon geträumt, die Luft elektrisch zu laden und Tonblitze in den Himmel zu schicken, und mußte sich statt dessen monatelang anstrengen, um wenigstens ein notdürftiges »Auld lang syne« in einer mehr als schlichten Bearbeitung zupfen zu können. Da er trotz fleißigen Übens über dieses »Auld lang syne« niemals wirklich hinausgelangte, hängte Georg das Instrument an den Nagel und widmete sich fortan der Luftgitarre. Die Luftgitarre, der Name besagt es, besteht zu hundert Prozent aus Luft. Sie hängt an einem ledernen Luftgurt und ist, da es sich in der Regel um eine elektrische Gitarre handelt, an einen Luftverstärker und eine Luftbox angeschlossen. Es versteht sich, daß die Luftgitarre vor einem Luftpublikum gespielt wird. Nur die mutigsten tun es vor dem Spiegel. Auch Georg hatte es gelegentlich vor dem Spiegel getan. Bis zu dem Tag, an dem er in seinem Spiegelbild keinen strahlenden Gitarrenvirtuosen erblickt hatte, sondern einen etwas zu dick geratenen pubertären Knaben, blaß, verschwitzt und ungelenk. Diesem Knaben wollte Georg nicht mehr begegnen. Er hängte ein Handtuch über den Spiegel und beschloß statt dessen, nur noch Schallplatten zu hören. Wenn Georg Schallplatten hörte, dann konnte er sein Spiegelbild vergessen. Und nicht nur das. Für ihn war ein Beatles- oder Jimi-Hendrix-Song etwas, in dem sich nicht Jimi Hendrix oder die Beatles ausdrückten, sondern er selbst. Lieder wie »Hey Joe« oder »Do you want to know a secret« waren Zeugnisse seiner Persönlichkeit und seiner Kreativität. So wie sich Goethes junger Werther dann als der größte Künstler fühlen konnte, wenn er sich in die freie Natur begab, auf einen Hügel setzte und die Sonne aufgehen ließ, so fühlte auch er sich als der größte Künstler, wenn sich die Platten auf dem Plattenteller drehten. Eine Schallplatte hören, das war, als gäbe er ein Konzert. Auf dem Bett liegen und Musik hören, das war ein produktiver kunstausübender Zustand, war Arbeit am eigenen Werk.

Nur entstand dabei kein Werkverzeichnis. Außerdem war die Platte irgendwann zu Ende. Und wenn die Platte zu Ende war, dann verwandelte sich das Glück der eingebildeten Kunstausübung in eine große Traurigkeit. Der Traurigkeit konnte man nur begegnen, indem man sofort wieder eine Platte auflegte, was zur Folge hatte, daß er in dieser Phase seiner Jugend über Tage, Wochen und Monate nichts anderes getan hatte, als auf dem Bett zu liegen, Schallplatten zu hören und sich schöpferisch zu fühlen. Daß dies nicht genug war, hatten zuerst seine Eltern gemerkt, die damit drohten, dem immer träger und apathischer wirkenden Sohn den Plattenspieler zu entziehen. Irgendwann aber hatte er auch selbst gespürt, daß ihm ein Leben im Liegen nicht genügte. Selbst wenn er dabei Platten hörte. Er hatte mehr von sich erwartet. Er wollte etwas anderes. Aber was? Es dauerte nicht lange, bis er es genauer wußte: Er wollte Klavier spielen können. Doch bevor Georg mit dem Klavierspiel begann, hatte er sich erst einmal dem Luftklavier hingegeben. Sein Lieblingsstück auf dem Luftklavier war Tschaikowskis Klavierkonzert Nr. 1 in b-Moll, das er sich unzählige Male auf Schallplatte angehört hatte, um es schließlich im Kopf und in der Luft selbst zu spielen. Besonders die Anfangstakte hatten es ihm angetan, und ihm schien, daß sie ihm erst den Weg geebnet hatten zu dem, was Musik eigentlich ist: unsichtbare, aber dynamische Materie, die zu großen Gefühlen verhilft; eine Art Sauerstoffstrom, von dem man aufgeblasen und in die Höhe getragen wird. Zugleich hatte ihm das Hören Tschaikowskis das Gefühl der Kennerschaft verschafft, das er noch dadurch steigerte, indem er sich eine zweite Interpretation des Stückes besorgte: die erste stammte von Svjatoslav Richter, die zweite von Van Cliburn. Georg hatte sich viele Male die erste und sehr oft die zweite Platte angehört, doch dabei nur festgestellt, daß die Cliburn-Platte weniger zerkratzt war als die Platte von Richter. Ansonsten schienen ihm beide Schallplatten absolut identisch zu sein. Seine Freunde und Bekannten aber, denen er die Schallplatten vorgespielt hatte, bestätigten ihm die angeblichen Unterschiede und konnten sich gar nicht genug darüber wundern, wie sehr die Musik doch vom Interpreten abhängig sei. Georg hatte meist noch hinzugefügt, daß sie speziell auf den »Anschlag« achten sollten, was die meisten dann auch taten und ihm mit einem »Ganz erstaunlich, ganz erstaunlich« seine und ihre Kennerschaft bescheinigten. Der Klavierlehrer allerdings, bei dem er sich bald darauf eingefunden hatte, wollte von Georgs Tschaikowski-Begeisterung nichts wissen. Er war der Organist der Kirchengemeinde, und Musik war für ihn identisch mit dem Namen Johann Sebastian Bach. Für das b-Moll-Konzert hatte er nur ein einziges Wort übrig: »Unterhaltungsmusik«. Damit war das Thema erledigt. Obwohl der Gott des Klavierlehrers Johann Sebastian Bach hieß, hatte Georg sich mit einem Komponisten namens Josef Czerny zufriedengeben müssen. Klavier spielen – das hieß, Czerny und dessen »160 achttaktige Übungen« spielen. Georg hatte es für eine ziemlich lange Zeit getan, weil er gewußt hatte, daß ihm der Rückweg zu den Luftinstrumenten verschlossen war. Er mußte aushalten, wenn er überhaupt vor sich selber bestehen wollte, und er hatte so lange ausgehalten, bis ihm der Klavierlehrer gesagt hatte, daß er nun reif sei; reif für Beethoven – aber noch längst nicht für Bach. Beethoven war in den Augen des Klavierlehrers weniger wert als Bach. Aber immerhin mehr wert als Czerny. Beethoven – das war zudem ein Klavierstück namens »Für Elise«, an dem er lange herumlaboriert hatte und das ihm die Grenzen seines Talents aufzeigte. Nicht, daß er die Tasten nicht getroffen hätte. Aber es blieb alles doch nur, mit den Worten des Klavierlehrers, »ein mechanisches Herumdrücken«. »Von Musik«, hatte der Klavierlehrer gesagt, »sollten wir in diesem Zusammenhang nicht sprechen.« Außerdem hatte er seinem Schüler empfohlen, auch an die Eltern zu denken, die ja schon einiges in die musikalische Ausbildung ihres Sohnes investiert hätten und die er nicht in dem Glauben lassen wollte, daß es bei ihm zu mehr als zu besagtem »mechanischen Herumdrücken« reiche. Nachdem der Klavierlehrer ein zweites Mal die Wendung »mechanisches Herumdrücken« gebraucht hatte, war Georg so verstimmt, daß er noch in der gleichen Woche den Klavierunterricht abbrach, jedoch nicht mit dem Klavierspielen aufhörte. Das verbot ihm sein Stolz. Und sein Stolz wollte es auch, daß er sich Bachs »Wohltemperiertes Klavier« besorgte und davon träumte, dem Klavierlehrer eines Tages so virtuos daraus vorzuspielen, daß er einen lebenslangen Schock davontragen würde. Dazu war es leider nicht gekommen. Wohl aber zu einer ausführlichen Lektüre des »Wohltemperierten Klaviers«, der dann auch praktische Übungen folgten. Georg hatte ganz am Anfang mit dem Präludium Nr. 1 in C-Dur begonnen und mußte überrascht feststellen, daß Bach leichter als Beethoven war. Das »Präludium 1« konnte er spielen, während er »Für Elise« nicht spielen konnte. Diese Erfahrung hatte ihn so sehr beflügelt, daß er sich auch an den anderen Präludien versuchte, doch schon die Nummer 2 hatte ihn vor so viele Probleme gestellt, daß er sich wieder auf die Nummer 1 konzentrierte. Und so oft, wie er einst das b-Moll-Klavierkonzert Tschaikowskis gehört hatte, so oft spielte er nun das

1. Präludium Bachs. Und je öfter er es spielte, um so perfekter erschien ihm sein Spiel. Besser, als er das Stück spielte, konnte es gewiß nicht gespielt werden. Doch Georg wollte gründlich sein. Und er wollte mehr. Also hatte er es schneller gespielt. Je schneller, desto besser, hatte er sich gesagt und die normale Spieldauer schon bald auf die Hälfte der Zeit verkürzt. An guten Tagen konnte er um circa weitere zehn Sekunden reduzieren, so daß er mit großer Wahrscheinlichkeit der schnellste Präludium-1-Spieler seiner Heimatstadt, wenn nicht des gesamten Emslandes, gewesen war.

Gut, daß Bergmann nichts von seinen musikalischen Bemühungen wußte, dachte Georg, als der Chauffeur mit den Worten »Die Fähre kommt« die Wagentür öffnete und ihn aussteigen ließ. Bei der Fähre handelte es sich um ein kleines Personenboot, auf dem höchstens ein Dutzend Menschen Platz hatte. Doch war Georg augenscheinlich der einzige Passagier, denn auch der Chauffeur machte keine Anstalten, das Boot zu betreten. »Sie fahren nicht mit?« fragte Georg den Chauffeur, worauf dieser sagte, daß er zuerst den Wagen unterstellen müsse, da es auf Scarp keine Autos gebe. Er komme später nach und würde sich auch um Georgs Gepäck kümmern. Außerdem würde Herr Bergmann ihn auf der anderen Seite persönlich erwarten. Georg war der einzige Passagier an Bord des Schiffes, das langsam durch die einfallende Dämmerung fuhr. Das Wasser des Sunds von Scarp hatte eine andere Färbung als das der Ems. Es schimmerte nicht grünlich, sondern schwärzlich, und es mußte um vieles tiefer und kälter sein als der Fluß seiner Kindheit. Auch Georg begann zu frösteln, und er spürte wieder den gleichen Druck unter dem Gaumen und das gleiche Kratzen im Hals, das er schon am Hafen beim Anblick der Limousine verspürt hatte. Die Überfahrt dauerte nicht länger als eine Viertelstunde. Als Georg an Land gegangen war, legte das Boot wieder ab, wahrscheinlich, um den Chauffeur und das Gepäck abzuholen. Die Insel unterschied sich auf den ersten Blick in nichts von der Landschaft, die er bereits kannte. Grüne Hügel, vom Wind gedrückte Büsche, Mauern aus grauem Felsstein, die den schmalen Weg säumten, der von der Anlegestelle in das Innere der Insel führte. Von Bergmann war nichts zu sehen. Es wehte ein kühler Wind auf der Insel, doch zum Glück regnete es nicht. Um sich die Zeit zu vertreiben, sah Georg noch eine Weile der Fähre nach, die aber irgendwann abbog und aus dem Blickfeld verschwand. Als Georg sich wieder umdrehte, sah er jemanden den Weg herunterkommen. Das mußte Bergmann sein. Georg hatte zwar Fotos von Bergmann gesehen, aber auf die Entfernung war er nicht zu erkennen. Außerdem trug er eine Schirmmütze und hatte einen Schal um die Schultern gelegt, der ihm fast bis über die Ohren reichte. Erst später, als Bergmann das Haus betreten und Mütze und Schal abgelegt hatte, erkannte Georg in ihm den Mann auf den Fotos: ein südländischer Typ, mit dunklem, graumeliertem Haar, bronzener, ein wenig gegerbter Gesichtshaut und aristokratischem Profil. Nichts von Emsfelde, dachte Georg, eher Madrid oder Sevilla. Er selbst dagegen hatte viel von Emsfelde: die helle, zu Rötung neigende Gesichtshaut, das Blaßblau der Augen, die weichen konturenlosen Wangen. Bergmann ging sehr langsam den Weg Richtung Anlegestelle hinunter. Gelegentlich blieb er sogar stehen und ruderte mit den Armen. Dann ging er weiter, noch immer die Arme in der Luft schwingend, um wieder abrupt stehenzubleiben. Nun aber wie erstarrt, ohne die geringste Armbewegung und mit nach unten gesenktem Kopf. Wenn Bergmann so weitermacht, dachte Georg, würde es Nacht werden, bis der Komponist bei ihm angekommen war. Doch irgendwann hatte Bergmann tatsächlich die Anlegestelle erreicht. Allerdings war er nicht direkt auf Georg zugegangen, sondern hatte sich einige Meter entfernt von ihm an die Kaimauer gestellt und dort verharrt. Dann hatte er auf den Sund und in die Ferne geschaut, erneut mit den Armen gerudert, sich schließlich zu Georg wie zu jemandem gewandt, der dort schon immer, sozusagen gewohnheitsmäßig stehe, und zu ihm gesagt: »Where's the wine?« Georg war irritiert. Bergmann sprach Englisch mit ihm. Und dieses Englisch hörte sich nicht wie Georgs Emsfelder Schulenglisch an, sondern wie Londoner Innenstadtenglisch. Knightsbridge, dachte Georg. Oder Bloomsbury. Beide Stadtteile kannte er von der Abiturfahrt nach London, was ihm allerdings nicht aus seiner Verlegenheit half. Am liebsten hätte er auf deutsch geantwortet. Doch um sich nicht zu blamieren, sagte er so korrekt wie möglich: »The wine is in the car.« Darauf sagte Bergmann nichts, sondern blickte wieder auf den Sund hinaus, als könne der Wagen jeden Moment über das Wasser heranrollen. Dann wandte er sich wieder Georg mit den nun auf deutsch gesprochenen Worten zu: »Sie kommen aus Westfalen?« Georg war ein weiteres Mal irritiert. Anscheinend war sein Englisch so schlecht, daß man sofort seine Herkunft heraushörte. »Aus Norddeutschland«, sagte Georg, um der Frage Bergmanns ein wenig den Stachel zu nehmen. Worauf dieser ihn in einem etwas ungeduldigeren Ton fragte: »Und was machen Sie hier?« Daraufhin sagte Georg nichts mehr, sondern entnahm seiner Jackentasche die telegrafische Nachricht, die ihm Bergmann persönlich geschickt hatte. Bergmann las die Nachricht, gab sie Georg zurück, entschuldigte sich für seine Unaufmerksamkeit, hieß ihn auf Scarp willkommen, sagte, daß er sich freue, daß Georg für ihn arbeiten werde. Allerdings sei er ein wenig besorgt. »Oh, das tut mir leid«, sagte Georg. »Gibt es Probleme?« Woraufhin Bergmann sagte: »Der Wein ist alle.« Nachdem Georg ihm erzählt hatte, daß drei Kartons Wein an der Kaimauer gestanden hätten und Bruno sie in den Wagen geladen habe, beruhigte sich Bergmann, und sie traten gemeinsam den Weg zum Haus an. Was er denn so mache, wollte Bergmann von Georg wissen. Georg antwortete, daß er erstens gerade einen Gedichtband und zweitens den Antrag für ein Doktorandenstipendium fertiggestellt habe. Worum es bei dem Antrag gehe, fragte Bergmann, worauf Georg hocherfreut zu erzählen begann. Georg hätte alles erwartet. Aber nicht, daß sich der berühmte Mann für seine Doktorarbeit interessierte. Schließlich hatte sich bisher noch niemand für seine Doktorarbeit interessiert. Speziell in der Universität hatte sich nur sein Doktorvater dafür interessiert. Ansonsten hatte er die Erfahrung machen müssen, daß jeder, dem er von seiner Doktorarbeit erzählte, ihm sogleich erwiderte, daß er auch eine Doktorarbeit schreibe, um ihn dann mit den ausgefuchstesten, aber höchstwahrscheinlich frei erfundenen Details dieser Arbeit zu behelligen. Jeder interessierte sich nur für die eigene und keiner für die Arbeit des anderen. Und wenn sich einmal jemand für die Arbeit eines anderen interessierte, dann war es ratsam, auf der Hut zu sein. Auch Georg war es schon passiert, daß ein ehemaliger Kommilitone und jetziger Doktorand, den er zufällig in der Mensa getroffen hatte, sich enorm interessiert an Georgs Arbeit gezeigt hatte, so daß Georg ihm während des Essens zahlreiche Details erzählte, einschließlich diverser Literaturangaben, die nicht erfunden, sondern echt waren, und die zu ermitteln ihm einige Mühe gemacht hatte. Erst während des Nachtisches hatte Georg erfahren, daß dieser Doktorand zwar nicht über das Vergessen promovierte, dafür aber über »Petrifikation als Motiv und Verfahren«, was Georg einen nicht geringen Schock versetzte. Wohl war das Vergessen nicht dasselbe wie Petrifikation, aber es war ganz offensichtlich etwas Ähnliches. Und natürlich hatte sich der Kommilitone nicht aus kollegialen Gründen für Georgs Arbeit interessiert, sondern aus höchst egoistischen. Der Kommilitone hatte Georg ausgehorcht, und Georg hatte nun keine andere Chance, als die ihm verbleibende Zeit, das heißt den Nachtisch und den Kaffee, zu nutzen, um den Schaden wiedergutzumachen. Hatte Georg sich bis zum Nachtisch außerordentlich begeistert über sein eigenes Thema gezeigt und immer wieder darauf hingewiesen, daß es sich dabei um ein echtes Forschungsdesiderat handle, so versuchte er nun, während er das Rhabarberkompott löffelte, die Bedeutung des Themas möglichst unauffällig wieder herunterzuspielen. »Wer über das Vergessen schreibt«, sagte Georg, »der schreibt in Wahrheit über die Erinnerung.« Und über die Erinnerung sei schon massenhaft geschrieben worden, er habe anfangs auch über Erinnerung schreiben wollen, und natürlich habe er nun gewisse Zweifel, ob er wirklich an dem Thema bleiben solle, denn die Erinnerung hafte am Vergessen wie die Laus am Blatt. Da der Kommilitone sich ungerührt zeigte, verschärfte Georg seine Argumentation insofern, als er sagte, daß Petrifikation natürlich ein sehr schönes Thema sei, allerdings sehr viel mit Mortifikation zu tun habe. »Petrifikation ist doch nur ein Fall von Mortifikation«, sagte Georg. Und Mortifikation sei ja eine ziemlich abgeschmackte Sache. Da könne man ja gleich eine Untersuchung über den Tod in der Literatur oder etwas Ähnliches schreiben, was karrieremäßig auf eine Selbstbeerdigung hinausliefe. Schon in den späten Fünfzigern, so Georg, war der Tod in der Literatur gelaufen. Vom »Tristan« bis zum »Tod in Rom«, alles durchgenudelt, sagte Georg, während er die letzten Reste Kompott aus dem

Schälchen kratzte. »Wenn überhaupt, dann kann man vielleicht in der Linguistik aus dem Tod noch was herausholen, tote Tempi, tote Tempora, tote Temporalien«, was ein Scherz sein sollte, den der Kommilitone jedoch nicht verstand, und auch Georg hatte nun das Gefühl, sich irgendwie verrannt zu haben. Plötzlich schämte er sich, zumal sein Gegenüber ohne Umschweife fragte, ob Georg ihm eine Kopie seiner Literaturliste zukommen lassen könne. Darauf sagte Georg so ungerührt wie möglich, daß dies kein Problem sei, er müsse allerdings erst einen Ausdruck davon machen. Es gebe nur eine Schwierigkeit: Der Drucker sei kaputt. Was er denn für einen Drucker habe, wollte der Kommilitone nun wissen, worauf Georg nichts zu sagen wußte, denn er hatte überhaupt keinen Drucker, sondern schrieb immer noch mit einer sogenannten Typenradmaschine, die vom Standpunkt der traditionellen Schreibmaschine aus gesehen so ungefähr das Neueste war, was es derzeit gab, vom Standpunkt des Computers aus gesehen aber etwas, das es gar nicht mehr geben durfte. Nun schien auch der Kommilitone, der bisher äußerst geduldig, um nicht zu sagen stur bis versteinert, Georgs nervöses Herumreden erduldet hatte, unwillig und sogar ein wenig wütend zu werden. Er trank in einem Zug seinen viel zu heißen Kaffee aus, sagte zu Georg, daß dieser ein konkurrenzielles Arschloch sei und daß er sich für dessen blödes Vergessen einen Dreck interessiere. Im übrigen interessiere er sich auch für seine eigene blöde Petrifikation einen Dreck, aber das gehe Georg gar nichts an. Dann warf er den Kaffeebecher zielsicher in einen recht weit entfernt stehenden Papierkorb und ging davon, ohne sich noch einmal umzusehen. Georg war nach diesem Erlebnis für längere Zeit nicht mehr in die Mensa gegangen. Und jetzt war er froh, auch nicht mehr in der Stadt, sondern in Schottland zu sein. Mit Bergmann konnte er offen reden. Bergmann war schließlich kein Konkurrent, sondern eine Art Denkmal, ein langer Eintrag im *Grove* und ein noch längerer in *Die Musik in Geschichte und Gegenwart*. Hatte er sich erst vor der Begegnung mit Bergmann gefürchtet, weil er geglaubt hatte, man könne vor so einem bedeutenden Menschen nur mit einem höchstmöglichen Maß an Selbstverleugnung bestehen, so hatte er nun das Gefühl, daß gerade Bergmanns Berühmtheit es ihm, dem Namenlosen, erlauben würde, ganz er selbst zu sein. Schließlich hatte er nichts zu verlieren. Diese Einsicht beflügelte Georgs Erzählfreude, und so bombardierte er Bergmann geradezu mit allem, was er über das Vergessen wußte und was er von seinem Doktorvater darüber erfahren hatte. Nicht ohne Stolz und gewissermaßen als Höhepunkt zitierte er auch die Parole, die sein Doktorvater für Georgs Arbeit gefunden hatte und die Georg nun als ganz persönliches Motto ausgab: »Lethe, nicht Mnemosyne«, sagte Georg, worauf Bergmann, der die ganze Zeit schweigend neben Georg hergegangen war, plötzlich die Arme hob und wieder zu rudern begann. Georg schien es jetzt ebenfalls angebracht, nichts mehr zu sagen, obwohl er Bergmann gern noch all das erzählt hätte, was er über Lethe und Mnemosyne wußte beziehungsweise in *Hungers Lexikon der griechischen und römischen Mythologie* gelesen hatte. Doch Bergmann schien so mit sich und seinen Ruderbewegungen beschäftigt, daß Georg glaubte, ihn schon allein durch seine Anwesenheit zu stören. Bergmann aber fühlte sich nicht gestört. Er ruderte weiter, begann nun auch zu summen, stieß gelegentliche Zischlaute aus, stellte die Zischlaute wieder ein und schlug plötzlich einen äußerst forcierten und, wie es schien, höchst komplizierten Takt in die schottische Abendluft. Wobei er sich mehrmals unterbrach, um immer wieder neue Variationen zu schlagen und zu zischen. Und nun begriff Georg, daß Bergmann nicht ruderte, sondern dirigierte. Und zwar eine Musik, die es noch gar nicht gab und die gerade in Bergmanns Kopf entstand. Mit anderen Worten: Bergmann komponierte. Und Georg durfte dabeisein. Jedenfalls tröstete er sich damit, um seinen aufsteigenden Groll zu bekämpfen, schließlich war er nicht bis nach Schottland gereist, um nun stumm und sozusagen unangesprochen neben dem vor sich hin komponierenden Bergmann herzugehen. Wobei von Gehen gar nicht die Rede sein konnte, denn Bergmann blieb immer wieder stehen, weil eine bestimmte Stelle anscheinend seine ganze Aufmerksamkeit erforderte. Auch jetzt blieb Bergmann wieder stehen, klopfte den Takt, zischte rhythmisch und blickte Georg dabei fest in die Augen. Sein Blick heftete sich förmlich auf Georgs Pupille, und Georg hatte das Gefühl, daß dieser Blick ihn aufforderte, irgend etwas zu der gerade im Kopf des Komponisten entstehenden Musik zu bemerken. Bergmann wünschte anscheinend einen Kommentar. Aber was sollte Georg zu den Handbewegungen und Zischlauten sagen? Er konnte gerade mal einen Dreivierteltakt von einem Viervierteltakt unterscheiden. Wie hätte er sich also zu den komplizierten Taktgebilden, die Bergmann da in die Luft zischte und klopfte, äußern können? Bergmann blickte ihn noch immer mit einer nun leicht ins Triumphierende gehenden Miene an, als erwarte er sofortige Zustimmung von Georg. Doch Georg sagte nichts, sondern versuchte zu lächeln, grinste aber nur, was ihm wiederum so peinlich war, daß er errötete und ihm der Schweiß auf die Stirn trat. Bergmann starrte ihn noch immer an, ruderte, zischte, schlug den Takt in die Luft und fuhr damit so lange fort, bis Georg es nicht mehr ertrug und zu dem Komponisten sagte: »Ist das ein neues Werk?« Der Komponist sagte nichts, wandte sich langsam von Georg ab, ging weiter, schlug nur noch einige wenige Male und eher nachlässig in die Luft, steckte schließlich die Hände in die Manteltaschen und sagte: »Nicht Lethe, sondern Pyriphlegethon.« Glücklicherweise waren sie in genau diesem Moment am Haus angekommen, so daß Georg nicht zu reagieren brauchte. Pyriphlegethon kannte er nicht. Er hätte am liebsten gleich nachgeschlagen, aber *Hungers Lexikon* befand sich nicht in seinem Reisegepäck. Noch ehe sie das Haus betraten, kam ihnen Bruno entgegen, der anscheinend über eine spezielle Verbindung auf die Insel verfügte. Bruno führte Georg auf sein Zimmer und sagte, daß Herr Bergmann ihn so bald wie möglich im Salon erwarte. Am besten sofort. Georg verzichtete darauf, die Koffer auszupacken, er wusch sich nur die Hände und beeilte sich, in den Salon zu kommen, wo allerdings niemand auf ihn wartete. Bergmann war nicht zu sehen, und auch von Bruno sah und hörte er nichts. Also setzte er sich in einen der Sessel neben einem runden Tisch, auf dem mehrere Konzertprogramme, ein Fotobuch sowie eine Zeitschrift namens *The Gardener* lagen. Bei den Konzertprogrammen handelte es sich um diverse aktuelle Aufführungen von Bergmanns Werken sowohl in Europa wie auch in Japan und den Vereinigten Staaten. Darunter war auch ein Festival im kalifornischen San Diego, welches über mehrere Wochen hinweg ausschließlich Bergmann-Werke spielte. Brahms, dachte Georg. Oder Beethoven. Er dachte dies vor allem, um seinen Groll ein wenig zu mildern, der noch immer in ihm festsaß, weil sich Bergmann in seiner Gegenwart hemmungslos nur mit seiner Arbeit und nicht mit seinem Gast beschäftigt hatte. So mußte man wohl sein, um ein Brahms oder Beethoven zu werden. Und schließlich, sagte sich Georg, tat Bergmann es ja nicht für sich, sondern für die Musik. Der Gedanke, daß der Egoismus eines berühmten Künstlers nicht der Egoismus dieses Menschen, sondern der Egoismus seiner Kunst ist, die sozusagen ihr Recht einfordert, versöhnte Georg ein wenig. Doch je länger er auf Bergmann warten mußte, um so weniger überzeugte ihn dieser Gedanke, so daß er, nachdem ungefähr weitere zwanzig Minuten vergangen waren, den gleichen Groll verspürte wie zuvor. Bei dem Fotobuch handelte es sich um die gesammelten Fotos des italienischen Fotografen Tazio Secchiaroli, der als der erste Paparazzo gilt. Er sah Sophia Loren und Marcello Mastroianni auf dem

Dach eines römischen Mietshauses, sie in Kittelschürze und er im Vertreteranzug, er sah Ava Gardner auf der Piazza di Spagna, er sah die türkische Tänzerin Aiché Nanà halbnackt in einem Restaurant in Trastevere. Und er sah Clint Eastwood. Der Mann saß auf seinem Pferd, hatte den Poncho umgelegt und einen Zigarillo im Mund. Eine Hand lag am Zügel, mit der anderen hielt er das Gewehr. Eastwood blickte gelassen und zugleich aufmerksam in eine erhabene Ferne. Er blickte in die Unendlichkeit. Hinter seinem Rücken aber sah der Betrachter etwas, was der Mann auf dem Pferd nicht sah: eine Autobahnauffahrt sowie den gelblichgrauen, nur gelegentlich von einem einzelnen Baum oder ein paar dürren Büschen aufgelockerten Steinwall einer Trabantenstadt. Das Foto war unweit von Cinecittà an der Peripherie Roms entstanden und mußte das Herz eines jeden Eastwoodfans rühren. Auch Georg war gerührt. Er hatte alle seine Filme gesehen, »Für eine Handvoll Dollar« sogar mehrmals, und er hatte nie die Szene vergessen, in der der Mann den Angriff eines auf ihn gehetzten Bluthundes dadurch abwehrte, daß er dem Tier eine Ladung Kautabak mit solcher Wucht direkt aufs Auge spuckte, daß der Hund winselnd davonsprang. Doch der Cowboy auf dem Foto war nicht der Cowboy, der nur auszuspucken brauchte, um den Feind in die Flucht zu schlagen. Der Cowboy auf dem Foto hatte keine Feinde mehr. Und auch keine Freunde. Der Cowboy auf dem Foto war selbst ein armer und in eine falsche Welt geratener Hund. Er war der Hund auf der Autobahn. Ein anderes Foto zeigte drei Personen in legerer Sommerkleidung, die gerade ein Lokal verließen. Das Foto war auf Capri aufgenommen worden und zeigte laut Bildunterschrift den griechischen Reeder Aristoteles Onassis in Begleitung zweier unbekannter Personen beim Verlassen des Restaurants »Da Mario«. Georg hatte das Bild, ein typisches Paparazzofoto, nur flüchtig betrachtet. Erst nachdem er schon weitergeblättert hatte, blitzte plötzlich eine Erinnerung in ihm auf. Er betrachtete das Foto noch einmal und war sich nun ganz sicher, daß er den Mann, der als letzter das Lokal verließ, schon einmal gesehen hatte. Es war Bruno. Bruno war natürlich jünger, die Aufnahme lag fünfzehn Jahre zurück, aber sein beinahe quadratischer Schädel war unverkennbar; und genau wie heute war er auch damals schon bis auf einen kurzgeschorenen Haarkranz kahl gewesen. Bruno war natürlich auch schlanker auf dem Foto, aber nicht sehr viel schlanker, denn er war ein athletischer Typ, der auch jetzt noch Eindruck machte; nicht wirklich dicker, nur ein wenig kompakter war er geworden. Allerdings hatte er heute, das war auf dem Foto nicht zu sehen, eine Narbe über dem rechten Auge, die seine Augenbraue beinahe durchtrennte und dem Mann die Aura eines Legionärs verlieh, der sich mit Nahkampftechniken auskennt. Georg war beeindruckt. Zum einen von sich selbst, da ausgerechnet er eine der beiden Personen identifiziert hatte. Und zum anderen von Bruno. Er würde den Chauffeur in Zukunft mit anderen Augen betrachten. Immerhin war Onassis einer der reichsten Männer der Welt und mit John F. Kennedys Witwe verheiratet gewesen. Von der Callas gar nicht zu reden. Und mit diesem Mann war Bruno Essen gegangen. Georg legte das Buch beiseite und dachte daran, daß er seit Glasgow nichts mehr zu sich genommen hatte. Im Haus tat sich noch immer nichts. Vielleicht arbeitete Bergmann. Vielleicht notierte er sich gerade, was ihm eben eingefallen war. Auch Georg hätte sich gern etwas notiert. Seit er angefangen hatte, Gedichte zu schreiben, trug er immer ein Oktavheft mit sich herum. Lyrik war die Kunst des Augenblicks, und als Dichter mußte man sich für den Augenblick bereithalten. Das war schwierig genug, denn er hatte die Erfahrung gemacht, daß er wohl dazu in der Lage war, augenblickliche Eingebungen zu empfinden, sobald er aber sein Oktavheft zückte, um die Eingebungen zu notieren, waren sie nicht mehr da. Der Griff zum Oktavheft war das beste Mittel, um eine Eingebung zu vertreiben. Griff er einmal trotz gerade empfundener Eingebungen nicht zu dem Heft, dann blieben auch die Eingebungen. Er trug es gleichwohl mit sich herum, für alle Fälle, sagte er sich, für den Eingebungsfall der Eingebungsfälle. Am liebsten hätte sich Georg auch in diesem Augenblick etwas notiert. Zwar hatte er keine Eingebung, aber durch das Notieren hätte er sich künstlerischer und wichtiger gefühlt. So fühlte er sich nur hungrig, einsam und auf eine bisher nie gefühlte Weise unwichtig. Statt sich etwas zu notieren, griff Georg zum *Gardener*, bei dem es sich um eine Zeitschrift handelte, in der vor allem Gärten einschließlich der dazugehörigen Häuser, Swimmingpools, Tennisplätze und Pferdekoppeln abgebildet waren. Wer wissen wollte, wie man Spinat züchtet, Kohl kultiviert und aus Äpfeln Apfelmus macht, der sollte besser nicht zu dieser Zeitschrift greifen. Im *Gardener* gab es kein Apfelmus. Das gab es nur in der Zeitschrift, die seine Mutter regelmäßig gelesen hatte. Sie hieß *Der Gartenfreund* und war gar keine Zeitschrift, sondern nur die alle paar Monate erscheinende Gartenbeilage der Lokalzeitung. Einmal hatte sich Georgs Mutter sogar an einem von der Gartenbeilage veranstalteten Preisausschreiben beteiligt. Gesucht wurde »Meine schönste Kübelpflanze«. Es gab drei Geldpreise in Höhe von dreihundert, zweihundert und einhundert Mark zu gewinnen sowie ein Dutzend sogenannte »Universal-Düngerausstattungen«. In Georgs Elternhaus gab es zahlreiche Kübelpflanzen, und eine war, wenn man der Mutter glaubte, schöner als die andere. Am Ende hatte sich die Mutter für eine Fuchsie entschieden, obwohl sie auch einen Oleander besaß, den sie ebenso schön wie die Fuchsie fand. Der Vater machte ein Foto von der Fuchsie und ließ es auf Postkartenformat vergrößern, die Mutter sandte das Foto ein und erfuhr aus einer der nächsten Ausgaben der Gartenbeilage, daß beinahe neunzig Prozent der Einsender Fotos von Fuchsien oder aber Oleanderpflanzen eingesandt hatten und daß die meisten der Fotos von überaus prächtig geratenen Kübelpflanzen zeugten. Die Mutter hatte natürlich keinen Preis gewonnen, obwohl der erste Preis für eine Fuchsie und der zweite für einen Oleander vergeben worden war und die in der Beilage abgebildete Fuchsie samt Kübel sich in nichts von der Pflanze unterschied, die der Vater fotografiert hatte. Im *Gardener* war auch von Kübelpflanzen nirgends die Rede. Der *Gardener* wog ungefähr ein Kilo, das Umschlagpapier war hochglänzend und fühlte sich wie das polierte Blatt eines Gummibaums an, und der erste Artikel, den Georg aufschlug, handelte von Moos. Der Verfasser des Artikels hieß Barton Philipps, stammte aus Los Angeles und war ein Moosphilosoph, der sich mit seinem Buch »The Mossy Way« anscheinend eine große Anhängerschaft speziell in Kalifornien erworben hatte, wo man das Moos nicht zuletzt deshalb so schätzte, weil es im Mittelalter von japanischen Zen-Buddhisten in ihren Tempelgärten angepflanzt und kultiviert worden war. Die Mönche wiederum verehrten neben dem Gleichmut, dem Ernst und der Genügsamkeit der Pflanze vor allem deren Wurzellosigkeit. Das Erreichen von Wurzellosigkeit zählte zu den Zielen zen-buddhistischer Lebensführung, und hierbei konnte das Moos sehr wohl als Vorbild dienen. Wobei man Wurzellosigkeit keinesfalls mit Haltlosigkeit verwechseln darf, so Barton Philipps, schließlich handelt es sich beim Moos um eine Lebensform, die zwar keine Wurzeln ausbildet, statt dessen aber haarfeine tentakelartige Fäden. Mit diesen Fäden verschafft das wurzellose Moos sich Halt, der außergewöhnlich stark sein kann. Georg hatte in Schottland schon ziemlich viel Moos gesehen, zuviel beinahe, und wenn jemand nach der Philosophie des »Mossy Way« lebte, dann waren es gewiß die Schotten. Er bezweifelte allerdings, daß die Schotten wußten, daß sie nach dieser Philosophie lebten, und das Buch des Amerikaners kannten sie ganz sicher nicht. Auch im Garten der Eltern gab es ziemlich viel Moos, wobei die Pflanze bei der Mutter ebenso beliebt war wie Brennesseln, Schnecken oder Spinnweben. In Kalifornien bekämpfte man das Moos nicht, sondern kultivierte es. Wer Moos im Garten hatte, der wurde von seinen Nachbarn beneidet. Die meisten Kalifornier hatten nur Rasen im Garten, was, wenn man dem Artikel folgte, als zu »plakativ« galt. Moos dagegen war diskret und traditionsreich, erinnerte an die Universität Oxford oder Prinz Charles, und der Artikel empfahl jedem Besitzer von sogenanntem »alten Besitz«, was in Kalifornien nicht allzuviel hieß, auf Moos umzusteigen. Georg fragte sich, ob Moos in kalifornischen Gärten überhaupt gedeihen konnte. Er war mit emsländischem Moos aufgewachsen, und das gedieh prächtig, weil es im Emsland das ganze Jahr über kühl, dunkel und feucht war. Im Emsland herrschten zumeist die gleichen Temperaturen und Lichtverhältnisse wie im Kartoffelkeller von Georgs Eltern, worauf das Moos enorm positiv reagierte. In kalifornischen Gärten aber sonnten sich die Eidechsen, und Eidechsen auf Moos konnte sich Georg nicht vorstellen. Folgte man dem Artikel, dann gab es Moos in jeder Klimazone, und der in dem Artikel vorgestellte Garten lieferte den Beweis. Bei dem Garten handelte es sich laut Barton Philipps um einen der »einflußreichsten« Privatgärten in Amerika. Die Besitzer des Gartens, ein ursprünglich aus Philadelphia stammendes

Ehepaar mit Namen Fred und Ernesta Rolston, das in der Computerbranche reich geworden war und sich entscheidende Anregungen in Kyoto geholt hatte, lebte nun ganz nach dem »Mossy Way«. Die ehemaligen Rasenflächen des Gartens waren moosbewachsen, die Gartenwege waren moosig, und auch die hölzernen Dachschindeln des Wohnhauses waren moosgrün. Ob sie nur grün gestrichen oder wirklich moosbewachsen waren, war auf den Fotos nicht zu erkennen. Eine Spezialität der Rolstons war die Bemoosung der Bäume zwischen den Wurzeln und am unteren Stamm, was der Bonsaiästhetik entsprach und in dem Artikel eigens hervorgehoben wurde. Daneben war ein Foto abgebildet, auf dem man einen älteren Herrn im dunkelbraunen Cordanzug mit Krawatte sah, der offensichtlich Moos in seinem Garten harkte. Doch tat er dies nicht mit einer Harke, sondern mit einem Reisigbesen, was der ganzen Szene etwas durchaus Kyotohaftes und Zen-Buddhistisches verlieh. Der das Moos fegende Mister Rolston gefiel Georg, und der »Mossy Way« der Rolstons zeugte von Lebensart. Wahrscheinlich zeugte es auch von Lebensart, daß Georg hier allein im Salon sitzen mußte. Von Bergmanns Lebensart wie auch von seiner eigenen. Wobei Bergmanns Lebensart ganz offensichtlich darin bestand, daß er auf sich warten ließ. Während Georgs Lebensart darin bestand, daß er wartete. Aber es half nichts, Georg mußte ausharren, er blätterte weiter im *Gardener*, der sich nicht nur mit Moosgärten, sondern auch mit »Beautiful Homes« befaßte, wobei es Georg nicht einmal sonderlich überraschte, daß er unter gleichnamiger Rubrik einen buntbebilderten Bericht über Bergmanns Villa in San Vito Lo Capo fand. Das Haus war, wie auch anders, im mediterranen Stil erbaut. Es hatte einen sogenannten »earthy-peachy«-Anstrich, der auf den Fotos hellbraun bis sandfarben aussah, es besaß mehrere Terrassen und einen Turm, den die Zeitschrift den »Turm des Maestro« nannte. Haus und Garten waren von einer ins Rostrote gehenden Mauer umgeben. Im Garten fanden sich Pflanzen wie Aristolochia gigantea, die Bergmann, wie es hieß, eigenhändig aus Panama mitgebracht hatte, sowie der Melianthus maior und die Verbesina turbacensis. Insgesamt, schrieb der *Gardener*, dominierten die Farben Blau, Silber und Mauve in Bergmanns Garten, sehe man einmal von den dunklen und säulenartig wachsenden Lawson-Zypressen ab. Als eine Spezialität nannte der Artikel das sogenannte Barbara-Tinguy-Oregano, das im Garten an den verschiedensten Stellen angepflanzt sei und von dessen Existenz Georg bisher ebensowenig gewußt hatte wie von Lawson-Zypressen oder der Aristolochia gigantea. Moos schien es in Bergmanns Garten keines zu geben. Anscheinend hielt sich Bergmann nicht an die kalifornischen Empfehlungen. Georg, der sich für Pflanzen nicht sonderlich interessierte und bisher auch noch nie eine Zeitschrift wie den *Gardener* auch nur in der Hand gehabt hatte, dachte plötzlich, daß Pflanzen wie Aristolochia gigantea und Melianthus maior eine Spur zu großblättrig für einen stilsicher angelegten Garten seien. Auch der grüne Rasen, der ihm von einem der Fotos entgegenleuchtete, schien Georg plötzlich eine Spur zu plakativ. Der Autor des Artikels lobte dagegen den grünen Rasen und sprach von »angelsächsischer Farbentscheidung« bei der Wahl der Rasensorte. Georg hätte sich anders entschieden. Wäre er Bergmanns Gärtner, er würde Bergmann etwas mehr Moos empfehlen, wenn schon nicht anstelle des Rasens, so doch um die unteren Stämme und Wurzeln der Lawson-Zypressen herum. Wenn Bergmann in den Salon käme, könnte er ihm einen entsprechenden Vorschlag machen, dachte Georg genau in dem Moment, als Bergmann im Salon erschien und ihm sagte, daß das Essen gleich serviert werde. Bergmann hatte ein halbvolles Whiskyglas in der Hand und fragte Georg, ob er auch einen Whisky wolle. Normalerweise, sagte Georg, trinke er niemals Whisky, jetzt aber sehr gern, worauf Bergmann sagte, daß er gar nicht wisse, wo der

Whisky sei. Auch Georg wußte nicht, wo der Whisky war, obwohl Bergmann ihn auf eine Weise anschaute, als wisse nur Georg und sonst niemand, wo der Whisky sein könne. Bruno müsse wissen, wo der Whisky sei, sagte Georg, worauf Bergmann sagte, daß Bruno gerade koche. »Pasta mit Broccoli«, sagte Bergmann, nahm einen Schluck aus dem Glas, setzte sich in einen Sessel und begann die Post durchzusehen, die auf einem Tisch bereitlag. Es war ein recht großer Stapel Briefe, Georg würde Wochen warten müssen, bis er einen so großen Stapel beisammen hätte, und Bergmann erreichten anscheinend jeden Tag Dutzende von Briefen. Inzwischen hatte sich Bergmann eine Lesebrille aufgesetzt und ganz in die Post vertieft, wobei er die Post nicht öffnete, sondern sich nur die Briefumschläge ansah. Das tat er aber sehr ausführlich, so ausführlich, daß es Georg schon wieder langweilig zu werden begann. Georg hatte noch immer den *Gardener* vor sich liegen, was Bergmann anscheinend sofort bemerkt hatte, denn er sagte, noch während er mit der Post beschäftigt war, daß er niemals irgendwelche Pflanzen persönlich aus Panama nach Sizilien gebracht habe, dies sei ein völliger Schmarren. Er sei auch noch nie in Panama gewesen. Aber der Reporter des *Gardener* sei ein hochstaplerischer Mensch, das habe er gleich gemerkt. Schuld an dem Artikel sei allerdings nicht der Reporter, in Wahrheit seien die Rolstons schuld, die er aus San Diego kenne, wo er recht oft aufgeführt werde und eine Zeitlang auch Composer-in-Residence gewesen sei. San Diego sei ziemlich bergmannfanatisch, wenn er das einmal so sagen dürfe, und zu den Sponsoren des letzten Bergmann-Festivals hätten auch die Rolstons gezählt. Die Rolstons hätten den *Gardener* an ihn vermittelt, und er hatte nicht nein sagen wollen, obwohl er solche Home- beziehungsweise Gardenstories, wie sie der *Gardener* schreibe, einigermaßen entbehrlich fände. In der gleichen Ausgabe sei auch ein Artikel über die Rolstons, die einerseits sehr sympathische Leute seien, immerhin hatten sie fünfzehntausend Dollar für sein Festival in San Diego gespendet, andererseits seien sie aber auch ziemlich versponnen. Die Rolstons, sagte Bergmann, hätten ein Moosproblem, um nicht zu sagen eine Moosmacke, einen echten Moosknall hätten die Rolstons, er war einmal bei ihnen zu Gast, und alles sei voller Moos gewesen. Der Garten, die Bäume, das Hausdach, alles voller Moos. Er habe sich noch tagelang ganz moosgrün und irgendwie muffig und veralgt gefühlt, sagte Bergmann, und das in Kalifornien. Dann sagte Bergmann noch »grauenhaft«, bevor er sich wieder der Post zuwandte, und Georg hatte plötzlich das Gefühl, die Rolstons verteidigen zu müssen. Immerhin hatten sie fünfzehntausend Dollar gespendet, außerdem schien Herr Rolston ein wirklich sympathischer älterer Herr zu sein, der mit großer Sorgfalt das Moos in seinem Garten fegte. Und darum sagte Georg nun mit lauter Stimme: »Moos ist weniger plakativ als Rasen.« Bergmann blickte auf, nahm die Lesebrille ab, griff nach dem Whiskyglas, trank einen Schluck und sah Georg aufmerksam an, während er den Whisky noch einen Moment lang in seinem Mund hin- und herbewegte, bevor er ihn runterschluckte. Dann stellte er das Whiskyglas ab und begann wieder mit seinen Ruderbewegungen. Bergmann hatte ganz offensichtlich von einer Sekunde zur anderen die Frequenz gewechselt. Auch Georg wollte die Frequenz wechseln. »Wenn Bergmann rudert«, sagte sich Georg, »dann dichte ich eben. Wenn Bergmann an seine Noten denkt, dann denke ich an meine Verse.« Georg wollte an ein noch zu schreibendes Schottlandgedicht denken, und er hätte auch begonnen, daran zu denken, wäre in diesem Moment nicht Bruno im Salon aufgetaucht und hätte mit den Worten »Dinner is served!« die Durchgangstür geöffnet, die den Salon mit dem Eßzimmer verband. Während des Essens schlug Bergmann vorerst keinen einzigen Takt, sondern konzentrierte sich ganz auf das, was er selbst »das Weinproblem« nannte. Bis zu diesem Augenblick, sagte Bergmann, der gerade den ersten Schluck Wein genommen hatte, habe er gedacht, daß das Weinproblem gelöst sei. Nun müsse er aber feststellen, daß es das Problem noch immer gebe. »Erst hatten wir keinen Wein, nun haben wir diesen Wein«, sagte Bergmann. »Das ist der Wein, der bestellt wurde«, sagte Bruno, worauf Bergmann sagte, daß dies wohl der Wein sei, der geliefert, nicht aber der Wein, der bestellt wurde. Er habe den Figeac Zweitwein bestellt. Dies aber sei der Figeac Erstwein. Wenn er Wein bestelle, würden die Leute immer denken, er wolle Erstwein, auch wenn er Zweitwein bestelle. Und dies nur, weil sein snobistischer Londoner Weinhändler glaube, ein Bergmann trinke immerzu und überall Erstwein. Er sei aber noch viel snobistischer, als sein snobistischer Londoner Weinhändler sich je würde vorstellen können, sagte Bergmann. Er sei so snobistisch, daß er schon seit längerem die Erfahrung mache, daß die sogenannten Zweitweine in Wahrheit die Erstweine seien und umgekehrt. Auch wenn sie nur die Hälfte kosteten. Er zahle gern die Hälfte, sagte Bergmann, wenn er dafür das Doppelte bekomme. Diesen Snobismus erlaube er sich. Er jedenfalls habe sich angewöhnt, wenn er nicht über den eigenen sizilianischen Wein verfügen könne, nur noch Zweitwein zu trinken. Die Erstweintrinkerei sei ihm geradezu zuwider, sagte Bergmann nun aufgebracht und verlangte nach einem anderen Wein, den es aber im Hause nicht gab. Es gab nur mehrere eigens mit dem Schiff angelieferte Kartons dieses Weines, von dem Bergmann, wie er sagte, keinen einzigen Schluck mehr trinken würde. Georg schmeckte der Wein ausgezeichnet, er hatte selten einen so guten Wein getrunken, normalerweise trank er Bier, und wenn er kein Bier trank, dann eben den Supermarktchianti. Allerdings wagte er nicht, weiter von dem Wein zu trinken, solange es Bergmann nicht tat. Glücklicherweise besann sich Bergmann bald eines Besseren, ließ sich mehrmals von Bruno das Glas füllen und redete mit Georg über dessen Arbeit, die darin bestehen sollte, die bereits geschriebenen Seiten von Bergmanns Memoiren auf Fehler und Ungenauigkeiten durchzusehen. Er sollte gleich morgen früh damit beginnen. Wenn er gut arbeitete, könne er es in einer Woche schaffen. Die restlichen Tage sollte er dazu nutzen, das Personenregister zusammenzustellen. Das Typoskript hatte dreihundert Seiten. Und allzu fehlerhaft war es sicher nicht. Bergmann selbst würde tagsüber komponieren und abends mit Georg arbeiten. Selbstverständlich dürfe Georg zwischendurch auch dichten, sagte Bergmann noch, aber nicht zuviel natürlich. Dann lächelte er, und auch Bruno lächelte. Und Georg, der inzwischen ziemlich viel von dem Wein getrunken hatte, sah, wie Bergmann sich in Beethoven und Bruno sich in Brahms verwandelte, während er selbst ein emsländischer Knabe war, der an Übergewicht litt und zum Flötenunterricht ging.

Georg brauchte genau eine Woche, um das Typoskript durchzuarbeiten. Während Georg korrigierte, komponierte Bergmann. Er arbeitete an einer Komposition mit dem Titel »Pyriphlegethon für großes Orchester«, und er hatte Georg erklärt, daß es sich beim Pyriphlegethon um den Feuerstrom handele, der um den Tartaros fließe. In den Tartaros würden die Frevler gestoßen, die frommen Seelen dagegen gingen in die elysischen Gefilde ein. Letzteres wußte Georg, und er wußte auch, daß der Lethestrom die elysischen Gefilde umfließt. Und nun hatte er auch verstanden, was Bergmann mit seinem »Nicht Lethe, sondern Pyriphlegethon« gemeint hatte. Georg stellte sich unter der Feuerstrom-Komposition ein wild-bewegtes, brennendes und loderndes Musikstück vor. Um so mehr irritierte ihn die Ruhe, die tagsüber im Hause herrschte. Obwohl Bergmann sein Arbeitszimmer direkt über Georgs Zimmer hatte, hörte Georg so gut wie nichts von ihm. Nur das Summen von Bergmanns elektrischem Bleistiftanspitzer war in regelmäßigen Abständen zu hören. Mit dem Typoskript kam Georg schnell voran, es war in der Tat nicht sehr fehlerhaft, so daß er nur vormittags daran arbeitete und sich am Nachmittag der eigenen literarischen Arbeit widmen wollte. Er hätte es nicht besser haben können, sagte sich Georg, als er nach dem Mittagessen aus dem Fenster auf den Sund schaute: über ihm saß Bergmann und komponierte, für Haus und Garten sorgte Bruno, das Meer leuchtete in allen Grau- und Blautönen, zu denen es fähig war, und der schottische Himmel lieferte jeden Tag ein grandioses Wolkentheater. Georg genoß die Natur, er genoß die Stille, und er genoß auch, daß er in Gegenwart des berühmten Mannes arbeiten konnte. »Bergmann komponiert, und ich dichte«, sagte sich Georg, wenn er sich an den Schreibtisch setzte und spürte, daß ihn etwas überkam, was er vorher nicht gekannt hatte und was er bei sich ein ›kulturelles Gefühl‹ nannte. Wohl spürte er dieses Gefühl, wenn er sich an den Schreibtisch setzte, doch wenn er am Schreibtisch saß, konnte er plötzlich nicht mehr dichten. Er wollte sein erstes Schottlandgedicht schreiben, es sollte der Anfang eines Zyklus sein, doch nicht der kleinste Schottlandvers wollte ihm gelingen. Er schrieb Zeilen wie »Über mir die Wolken« oder »Moos, steinig wie Felsen« – und dann stockte er. Nachdem er viele Male immer nur die erste Zeile zustande gebracht hatte, griff er nach einem Trick. Der Trick bestand darin, nicht über Schottland zu schreiben, sondern darüber, daß es ihm nicht gelingen wollte, über Schottland zu schreiben. Doch auch das wollte ihm nicht gelingen, und Zeilen wie »Vor mir der Sund / vor mir das weiße Blatt« beschämten ihn nur. Also verwarf er den Trick und richtete seine ganze Aufmerksamkeit erneut auf den Himmel, die Landschaft und alles, was um ihn herum war. Georg wollte schreiben, doch irgend etwas hinderte Georg am Schreiben. Er brauchte einige Zeit, bis er begriff, was es war. Es war nicht die Weite des schottischen Himmels. Es war auch nicht die Erinnerung an Emsfelde, die ihn während des Studiums des öfteren gepeinigt und von jeder Schreibtischarbeit abgehalten hatte. Und es war auch nicht die auf die Schläfen drückende Hebrideneinsamkeit, die ihn hier besonders nach dem Mittagessen überfiel. Es war etwas anderes. Es war das Summen von Bergmanns elektrischem Bleistiftanspitzer. Das Geräusch war nicht sehr laut, aber doch deutlich zu hören, und wenn es nicht zu hören war, dann störte es Georg insofern, als er wußte, daß es bald wieder zu hören sein würde. Außerdem bildete er sich ein, immer dann, wenn er das Summen des Bleistiftanspitzers nicht hörte, das Kratzen des Bleistifts zu hören. So gut wie niemals hörte Georg gar nichts. Bergmann schrieb unablässig, und wenn er nicht schrieb, dann spitzte er seinen Bleistift. Je geringer die Zeitabstände waren, in denen der Bleistiftanspitzer summte, um so schneller komponierte Bergmann. Und je schneller Bergmann komponierte, um so mehr erstarrte Georgs Schreibhand unter Bergmanns Komponiertempo. Die meisten schottischen Nachmittage brachte Georg damit zu, an seinem Schreibtisch zu sitzen, auf den Sund zu schauen und auf die Geräusche in Bergmanns Zimmer zu achten. Wenn es ihm zu langweilig wurde, ging er die am Vormittag korrigierten Seiten ein zweites Mal durch. Er würde dem Komponisten ein perfekt korrigiertes Typoskript übergeben, das war sicher. Er würde ihm aber kein einziges Gedicht zeigen können. Das wurde mit jedem Tag wahrscheinlicher. Als er das Typoskript ein zweites Mal durchgesehen hatte, machte er sich an das Personenverzeichnis, wozu er den Text ein drittes Mal durchsehen mußte. Als er das Personenverzeichnis erstellt hatte, sagte er Bergmann, daß die Arbeit gemacht sei. Bergmann sagte: »Wunderbar! Jetzt müssen wir nur noch einen Termin finden, um uns zusammenzusetzen.« Georg war überrascht. Obwohl sie hier von niemandem gestört wurden, schien Bergmann Terminprobleme zu haben. »Ich habe immer Zeit«, sagte Georg vielleicht eine Spur zu willfährig, worauf Bergmann sagte, daß sich auch bei ihm etwas finden werde, es dürfte so schwierig nicht sein. Das glaubte auch Georg, denn schließlich sahen sie sich jeden Tag sowohl zum Mittag- wie auch zum Abendessen, und auch die Abendstunden verbrachten sie in der Regel gemeinsam vor dem Kamin. Doch die Tage vergingen, und jede Anregung Georgs, sich einmal zusammenzusetzen, stieß auf Bergmanns zunehmend unwilliger werdenden Widerspruch. Er würde es sich noch mit Bergmann verderben, fürchtete Georg, wenn er ihn weiter an die ausstehende Besprechung erinnerte. Fast schien es, als würde Bergmann Georg einen Gefallen tun, wenn er mit ihm über das Typoskript sprach. Also sagte Georg nichts mehr, und auch Bergmann sagte nichts, zumal ein neues Problem aufgetaucht war, was ihn und Bruno einige Tage beschäftigte. Neben dem Weinproblem, das nach wie vor ungelöst war, obwohl Bergmann jeden Abend von dem Wein trank, gab es nun auch noch ein von Bergmann selbst so genanntes »Flügelproblem«. Im Haus war kein Flügel. Natürlich war Bergmann davon ausgegangen, daß sich im Haus des englischen Komponisten ein Flügel befand. Aber es gab keinen Flügel. Und auch kein Klavier. Das Flügelproblem war plötzlich und ohne Vorankündigung während eines Mittagessens aufgetaucht, als Bergmann zu Bruno sagte: »Es ist kein Flügel da.« »Nein«, hatte Bruno bloß geantwortet und dabei die Suppenteller abgeräumt, um den zweiten Gang aufzutragen. Bruno hatte sehr ruhig geantwortet, doch Georg sah, daß Brunos Hände beim Abräumen der Teller ein wenig zitterten. Als Bruno den zweiten Gang auftrug, gedünstetes Gemüse, Kartoffeln und schottisches Moorhuhn, sagte Bergmann zu Bruno, daß er ohne Flügel nicht arbeiten könne. Und daß es eine Zumutung sei, von ihm zu verlangen, ohne Flügel zu arbeiten. Die Schotten, sagte Bergmann, verlangten von ihm, daß er ohne Flügel arbeite. Er sei aber kein Schafhirte, und er sei auch kein Lachsfischer, und ein Dudelsackbläser sei er auch nicht, sagte Bergmann. Weder Bruno noch Georg waren sich sicher, ob Bergmann scherzte oder ob er sich gerade in einen Wutanfall hineinsteigerte. Georg entschied sich für das Scherzen, während Bruno sich anscheinend für den Wutanfall entschieden hatte, denn er wurde zusehends blasser und sagte, um Bergmann zu beruhigen, daß er sich sofort um den Flügel kümmern werde. Im Prinzip, sagte Bergmann, brauche er den Flügel schon heute nachmittag, worauf Bruno nichts sagte, sondern erst einmal in der Küche verschwand, um danach schweigend und mit starrer Miene sogenanntes »Aberdeen-Rowie-Gebäck« zum Nachtisch aufzutragen, woraus sich sogleich ein neues Problem ergab, da Bergmann meinte, daß man Aberdeen-Rowie-Gebäck zum Frühstück esse, nicht aber zum Lunch. Er hätte sich zum Dessert ganz simple Shortbreads gewünscht. Aber ganz simple, völlig normale, absolut x-beliebige Shortbreads scheine es in diesem Land ja nicht zu geben. »Nun denn«, sagte Bergmann nur, schob das Aberdeen-Rowie-Gebäck von sich und verließ irgendwie resigniert und ohne weiteren Kommentar den Speiseraum. Auch Bruno war plötzlich verschwunden, so daß Georg allein am Tisch sitzen geblieben war. Da es keinen Kaffee gab, Bruno servierte jedenfalls keinen, hielt Georg sich weiter an den Figeac Erstwein und aß ziemlich viel Gebäck. Irgendwann erschien Bruno und fragte, ob Georg Kaffee wünsche. Er tat dies mit leicht singender Stimme und ein wenig verschwommenen Augen und war ganz offensichtlich angetrunken. Anscheinend hatte Bruno alleine in der Küche getrunken und darum den Kaffee vergessen. Bisher hatte sich Bruno immer tadellos benommen, Georg hatte auch nicht die kleinste Schwäche an ihm entdeckt. Bruno war in seinen Augen nicht der Mensch, der heimlich in der Küche trank. Er traute ihm viel eher zu, daß er heimlich in der Küche Hanteln stemmte. Georg bot Bruno an, ein Glas mit ihm zusammen zu nehmen. Bruno sagte: »Aber nur ein Glas« – und daß er sich gleich um den Flügel kümmern müsse. »Das wird nicht einfach sein«, sagte Georg, worauf Bruno erwiderte: »Ich rufe Edinburgh an.« Dann schwieg er, und Georg fragte ihn, ob er schon lange für Bergmann arbeite. »Ein paar Jahre schon«, sagte Bruno, vorher habe er in London, davor längere Zeit gar nicht und ganz früher einmal für Onassis gearbeitet. Letzteres hielt Georg für einen Scherz, doch es war kein Scherz, und Bruno selbst zeigte sich auch nicht sonderlich beeindruckt von seinem früheren Job. »Darum das Foto in dem Bildband«, sagte Georg. »Capri«, sagte Bruno, und dann fügte er noch hinzu, daß ihm die ewige Kreuzfahrerei zuviel geworden sei. Er vertrage Schiffe nicht, dann schon lieber Musik. Im Unterschied übrigens zu Onassis, der Schiffe sehr wohl vertrug, dem aber Musik nicht besonders bekommen sei. Die Beziehung mit Maria, sagte Bruno, war musikalisch gesehen eine einzige Quälerei gewesen. Bruno sagte »Maria«, was Georg schmeichelte. Und irgendwann sagte Georg auch »Maria«. Beide sprachen sie von der Callas wie von einer alten Bekannten, wobei Bruno anscheinend wirklich eine Vertrauensperson für sie gewesen war. »Eine einzige Quälerei«, sagte Bruno noch einmal. Für Onassis. Aber auch für Maria. Onassis sei anfangs durchaus guten Willens gewesen. Er sei in die Oper gegangen, habe Opernplatten gehört und sei mit der Zeit sogar überzeugt davon gewesen, ein Opernkenner zu sein. Immer, wenn im Radio die Stimme irgendeiner Opernsängerin zu hören war, rief Onassis »Maria!« und stellte das Radio lauter, wobei weder das Personal noch seine Besucher wagten, ihm zu widersprechen. Am schlimmsten waren für Onassis aber die Opernbesuche, die er einzig aus dem Grund besuchte, weil er hinterher eine Feier organisieren konnte, wie sie kein Opernhaus der Welt hätte organisieren und auch bezahlen können. Onassis hatte ihm einmal anvertraut, sagte Bruno, daß die Opernmusik als solche noch nicht einmal das Problem sei. Das Problem sei der Gesang. Der Gesang und die Länge einer Oper. Onassis hatte enorm unter langen Opern gelitten, das heißt unter Opern, die mehr als anderthalb Stunden dauerten. Und welche Oper dauerte nicht länger als anderthalb Stunden? Onassis hatte vor allem deshalb gelitten, weil er es nicht gewohnt war, lange still zu sitzen. Er war es gewohnt, zu telefonieren, zu diktieren, dabei hin und her zu rennen, Flugzeuge und Schiffe zu besteigen, Geld auszugeben, Zigarren zu rauchen. Und vor allem war er es gewohnt, beachtet zu werden, wenn er sich irgendwo aufhielt. In der Oper wurde er nur vor Beginn und in der Pause beachtet. Wären die Pausen etwas länger und die eigentlichen Aufführungen entsprechend kürzer und der Opernraum nicht so dunkel gewesen, dann wäre Onassis mit der Oper möglicherweise klargekommen. Onassis saß nicht gern im Dunkeln, sagte

Bruno. Am liebsten waren ihm darum auch sommerliche Freiluftaufführungen in griechischen Amphitheatern am späten Nachmittag und mit Raucherlaubnis. »So war er, unser Daddy O.«, sagte Bruno, leerte sein Glas und verließ den Raum, um Edinburgh anzurufen. Natürlich verging der Nachmittag, ohne daß ein Flügel gebracht wurde. Während des Abendessens berichtete Bruno, daß er das Opernhaus Edinburgh angerufen und um einen Flügel gebeten hatte. Einen Flügel für Bergmann. Worauf das Opernhaus Edinburgh schöne Grüße an Herrn Bergmann habe ausrichten lassen sowie die Nachricht, daß man im Prinzip gern und jederzeit mit einem Flügel aushülfe, nur sei im Moment kein Flügel frei. Nach Edinburgh gehe er nicht mehr, sagte Bergmann darauf. Edinburgh würde seine Arbeit behindern. Wenn man es genau nähme, würde Edinburgh seine Arbeit boykottieren. Wenn Edinburgh ihn vernichten wolle, sagte Bergmann, dann könne er auch Edinburgh vernichten. Das mache ihm nicht das geringste aus. Bruno solle Glasgow anrufen. Am nächsten Tag rief Bruno Glasgow an und berichtete während des Mittagessens, daß Glasgow geantwortet habe, daß es überhaupt kein Problem, vielmehr eine Ehre sei, gleich morgen würde man einen Wagen schicken, und übermorgen würde der Flügel geliefert werden. »Es geht doch«, sagte

Bergmann und lobte das »scottish enlightenment«, das seiner Meinung nach eben nicht edinburghtypisch sei, wie man immer wieder hören könne, sondern glasgowtypisch. Georg hatte noch nie etwas vom scottish enlightenment gehört, hätte aber gern mehr darüber gewußt. Bevor der Flügel kam, erreichte Bergmann der Anruf eines Journalisten vom *Glasgow Herald*, der von der Presseabteilung des Glasgower Opernhauses gehört hatte, daß man Bergmann einen Flügel leihen würde. Der Journalist kündigte an, daß er über den Transport des Flügels und die Übergabe berichte, und bat um die Erlaubnis, auch einen Fotografen mitbringen zu dürfen, um Bergmann dabei zu fotografieren, wie er den Flügel in Empfang nehme. Bergmann reagierte ungehalten auf den Anruf, beriet sich aber mit Bruno und erteilte schließlich die Erlaubnis. Am gleichen Nachmittag trafen noch zwei weitere Anrufe von Journalisten ein, was Bergmanns Laune aber nicht verschlechterte, sondern verbesserte. Ein Journalist wäre eine Belästigung und Störung gewesen. Drei Journalisten aber waren eine Pressekonferenz. Und warum sollte er nicht während seines Aufenthaltes auf Scarp eine Pressekonferenz geben. »Edinburgh wird sich wundern«, sagte Bergmann. Am Tag darauf wurde der Flügel geliefert, was bis Lewis mit Lastwagen und Autofähre bewerkstelligt wurde.

Auf der letzten Etappe von Lewis nach Scarp aber wurde die Personenfähre benutzt, mit der auch Georg übergesetzt hatte. Der Flügel wurde an der Anlegestelle vom Lastwagen geladen, hochkant auf ein Rollbrett gestellt, bis an die Fähre gerollt und dann von mehreren Männern unter Zuhilfenahme von Gurten in die Fähre getragen. Am anderen Ufer wurde der Flügel auf die gleiche Weise ausgeladen, wiederum auf das Rollbrett gestellt und den Weg von der Anlegestelle bis zu Bergmanns Haus hinaufgerollt. Georg hatte sich in die Nähe der Anlegestelle begeben und den Transport aus einiger Entfernung beobachtet. Bergmann war im Haus geblieben, um sich auf die Pressekonferenz vorzubereiten, während Bruno die Männer und das Instrument am Gartentor erwartete. Der Transport verlief ohne Probleme, die Träger zogen und schoben den Flügel, die Fotografen fotografierten, und die Journalisten gingen rauchend nebenher. Insgesamt waren es fast ein Dutzend Männer, die sich in Bergmanns Haus einfanden. Außerdem war die Pressedame des Glasgower Opernhauses angereist, um Bergmann den Flügel offiziell zu überreichen. Bergmann trug einen besonders feinen und wahrscheinlich auch besonders teuren Anzug mit Weste und Krawatte, der zwar wie ein Harris-Tweed-Anzug aussah, aber aus Kaschmirwolle gewirkt war. »Harris-Tweed vertrage ich nicht«, hatte Bergmann geantwortet, als Bruno ihn zu einem Harris-Tweed-Anzug überreden wollte. »Und Holzschuhe und Nagelbretter auch nicht«, hatte er hinzugefügt. Das alles wußte Georg, weil Bruno es ihm am Abend zuvor, während er das Büfett vorbereitete, mit dem die Besucher nun empfangen wurden, erzählt hatte. Bergmann dankte den Männern für den Transport, die Pressedame hielt eine Ansprache, in der sie Grüße des Glasgower Opernhauses ausrichtete, das Werk Bergmanns und speziell die Bergmann-Rezeption in Schottland würdigte und dem Komponisten zugleich dafür dankte, daß er in Schottland und auf Scarp weilte. Daraufhin fotografierten die Fotografen wieder, und während sich die Transportarbeiter an das Büfett machten, hielt Bergmann die sogenannte Pressekonferenz ab. Die Fragen der Reporter waren, wie Bergmann später erzählte, allesamt äußerst schottlandzentriert, um nicht zu sagen hebridenzentriert gewesen. Zumindest die Fragen der beiden Reporter vom *Glasgow Herald* und vom *Scotsman.* Die Reporter wollten vor allem bestätigt bekommen, daß Schottland der einzige Ort auf der Welt sei, wo ein bedeutender Komponist wie Bergmann überhaupt schöpferisch sein könne. Bergmann hatte ihnen das aus Höflichkeit mehr oder weniger bestätigen müssen. Er hätte ihnen natürlich auch sagen können, daß in seinem Haus in San Vito Lo Capo zur Zeit eine Klimaanlage eingebaut werde. Und wenn die Klimaanlage eingebaut sei, dann könne er endlich auch im Sommer zu Hause arbeiten und brauche sich nicht in irgendwelche öden Winkel zu begeben. Das habe er natürlich nicht gesagt, sagte Bergmann, sondern er habe das Schottische insgesamt als Sphäre des Schöpferischen gepriesen und auch an Mendelssohns »Die Hebriden« sowie an dessen »Schottische Symphonie« erinnert. Von Edinburgh habe er ebenfalls nichts gesagt, sagte Bergmann. Edinburgh habe er komplett ignoriert. Er habe vielmehr die schottische Großzügigkeit gepriesen. Speziell die des Glasgower Opernhauses. Die schottische Großzügigkeit sei geradezu eine Nationaleigenschaft, habe er gesagt, wovon die Journalisten, allesamt rotgesichtige Burschen mit ausgebeulten Kordhosen, natürlich begeistert waren. Geärgert habe ihn nur der dritte der Burschen, der für die *Shetland Post* schreibe. Der habe ihn erstens nach Nerlinger gefragt, dem nun schon zum zweitenmal ein Schwerpunkt auf dem Edinburgher Festival gewidmet werde. Und er habe ihn nach Wagner gefragt. Er wollte wissen, warum Bergmann wohl Mendelssohn erwähnt habe, aber nicht Wagner. Schließlich sei nicht nur Mendelssohn, sondern auch Wagner in Schottland gewesen. Nicht auf den Hebriden allerdings, sondern auf den

Shetlandinseln. »Ein Unsinn«, sagte Bergmann, »ein kompletter Unsinn.« Aber der Journalist habe nicht nachgegeben und ihm erzählt, daß auf einer der Shetlandinseln eine Inschrift Wagners gefunden worden sei, die aus den sechziger Jahren des vorigen Jahrhunderts stamme. Und zwar sei diese Inschrift in die Wand eines Ausflugspavillons in der Nähe eines berühmten Wasserfalls eingraviert gewesen. Der Journalist, sagte Bergmann, hatte sogar die ersten Zeilen dieser Inschrift auswendig gekannt und sogleich zu rezitieren begonnen: »Ich fahre nach Deutschland zurück. Auf Wiedersehen, herrliches Shetland! Auf Wiedersehen, liebenswürdiges Schottland, edle und geistreiche Nation!« Außerdem, so der Journalist, habe in der Inschrift noch gestanden, daß Wagner sich bei den Schotten und speziell den Bewohnern der Shetlandinseln dafür bedanke, daß sie seine Musik so verehrten, während die Franzosen und speziell das Pariser Publikum ihm enorme Schwierigkeiten machten. Und darum verspreche er den Schotten, eine Oper zu komponieren, in deren Mittelpunkt der Wasserfall stehen werde, der schon zu Wagners Zeiten eine international berühmte Sehenswürdigkeit gewesen sei. Der Wasserfall werde der Held der Oper sein, außerdem kämen noch Felsen, Tannen, Moorhühner und Fische vor. Möglicherweise, so habe Wagner geschrieben, werde er es auch notwendig finden, einen Menschen auf die Bühne zu bringen. Aber das sei noch nicht entschieden. Die Inschrift sei mit »Richard Wagner« unterzeichnet gewesen und zum erstenmal am 14. August 1896 in der *Shetland Post* publiziert worden. Seitdem, so der Journalist, gebe es auf den Shetlandinseln eine Wagner-Gesellschaft, die für den schottischen Wagnerismus keine geringe Rolle spiele und sich darum bemühe, Wagners Wasserfalloper ausfindig zu machen. Man sei überzeugt davon, sagte der Journalist, daß es möglicherweise nicht die ganze Oper, wohl aber einige Fragmente davon gebe. Die einzige Wasseroper Wagners, habe Bergmann daraufhin gesagt, heiße »Das Rheingold«, und er empfehle dem Journalisten, sich diese Oper einmal näher anzuhören. Er jedenfalls wisse sicher, daß Wagner nie in Schottland gewesen war. »Bevor Wagner nach Schottland und auf die Shetlandinseln gegangen wäre«, sagte Bergmann mit einem leicht diabolischen Grinsen, »wäre er wahrscheinlich nach Finnland gegangen. Die Sarmaten sind begeisterte Wagnerianer.« Georg wußte nicht, was Bergmann damit hatte sagen wollen, er wußte auch nicht, wer die Sarmaten waren, und der Journalist wird es wohl ebensowenig gewußt haben. Er jedenfalls habe daraufhin mit dem Journalisten nicht mehr geredet, sagte Bergmann, nur die Frage nach Nerlinger, die noch unverschämter als die nach Wagner war, habe er insofern beantwortet, als er, ohne lange nachzudenken, dem Journalisten gesagt habe: »Nerlinger ist ein Genie.« Daraufhin habe auch der Journalist nicht mehr mit ihm reden wollen. Georg war beeindruckt. Zum einen von Bergmanns Schlagfertigkeit. Und zum anderen davon, wie es Bergmann gelungen war, aus dem Transport und dem Ausleihen des Flügels eine Art offizielle Bergmann-Ehrung einschließlich Pressekonferenz zu machen. Der *Glasgow Herald* und der *Scotsman* berichteten auch entsprechend über die Flügelübergabe, allerdings nur auf den für Nordwestschottland zuständigen Seiten. Wobei der *Glasgow Herald* auch Bergmanns Äußerung über Nerlinger wörtlich zitierte. Die *Shetland Post* dagegen schrieb, daß Bergmann die Hebriden wie auch die Shetlandinseln als Orte musikalischer Inspiration gewürdigt und auf die Bedeutung hingewiesen habe, die die Hebriden für Mendelssohn und die Shetlandinseln für Richard Wagner gehabt haben. Nicht ohne einen kritischen Unterton bemerkte die *Shetland Post* außerdem, daß sich Bergmann ein wenig verstimmt gezeigt habe über den Nerlinger-Schwerpunkt auf dem nächsten Edinburgh-Festival. Natürlich ärgerte sich Bergmann über die *Shetland Post*, er dachte sogar über eine Gegendarstellung nach, ließ aber davon ab, weil er meinte, die *Shetland Post* würde sowieso nur von einigen Shetland-Ponys gelesen. Bergmann hatte sich geärgert, doch konnte der Ärger über den Artikel wohl nicht der Grund dafür sein, daß Bergmann so gut wie nie den Flügel anrührte. Bis zu seiner Abreise hörte Georg nur ein einziges Mal, daß Bergmann einen Akkord anschlug. Es war keiner dieser typischen Neue-Musik-Akkorde, die so überaus nervenzerreibend klingen konnten. Es war ein nicht gerade einfacher, aber dennoch verständlicher Akkord, der so sehnsüchtig-traurig und unerlöst klang, daß Georg sofort davon überzeugt war, daß es sich um den Tristanakkord handeln mußte. Der Tristanakkord war der einzige Akkord, den Georg dem Namen nach kannte. Darum neigte er auch dazu, immer wenn er Wagner oder Wagnerähnliches und einen sehnsüchtig-traurigen und irgendwie unerlösten Akkord hörte, sofort zu sagen: »Der Tristanakkord.« Das hatte gelegentlich, besonders bei einigen Germanistikstudentinnen, Eindruck gemacht, bis zu dem Tag, als er an eine Germanistikstudentin geraten war, die im Nebenfach Musikwissenschaft studierte. Er hatte die Kommilitonin zum gemeinsamen Kochen und Abendessen eingeladen. Während des Kochens hatte er Miles Davis und zum Essen »Tristan und Isolde« aufgelegt und dabei mehrmals und wie nebenher »Der Tristanakkord« gesagt. Als er, sie waren schon beim Dessert, noch einmal »Der Tristanakkord« gesagt hatte und dabei seine Hand auf ihre legen wollte, hatte sie die Hand zurückgezogen und ohne Umschweife geäußert: »So geht das nicht.« Danach hatte sie sich ziemlich rasch verabschiedet und ihn auch nie wieder angerufen. Der Tristanakkord war ihm an diesem Abend im Hals steckengeblieben, und er hatte sich fest vorgenommen, sich demnächst gründlicher darüber zu informieren und sich die Stellen einzuprägen, an denen der Akkord in der Oper überhaupt vorkam. Wäre es nach ihm gegangen, dann kam der Tristanakkord alle zehn Minuten im Tristan vor. Er hatte sich per Fernleihe sogar die Stewart-Stern-Debatte besorgt und zuerst John Stewarts Aufsatz »The Tristan Chord: Identity and Origin« und dann William Sterns: »The Tristan Chord in Historical Context: A Response to John Stewart« gelesen. Trotz seiner unzureichenden musikwissenschaftlichen Kenntnisse wußte er nach der Lektüre immerhin, daß man den Tristanakkord nur verstehen könne, wenn man den Akkord verstehe, der sich hinter dem Tristanakkord befinde und der von dem Tristanakkord verdeckt werde. Der Tristanakkord, hatte er gelernt, sei aus sich selbst heraus gar nicht verständlich. Er würde aber verständlicher werden, wenn man sich Aeneas' ersten Auftritt in Purcells »Dido und Aeneas« vergegenwärtige. Noch verständlicher würde er werden, wenn man sich darüber hinaus das 4. Rezitativ aus Bachs Kantate Nr. 82, die den Titel »Ich habe genug« trägt, einmal anschaue. Die Germanistikstudentin hatte »So geht das nicht« gesagt, sie hätte aber auch »Ich habe genug« sagen können. Wenn auch nicht völlig transparent, so doch sehr viel durchsichtiger werde der Tristanakkord, wenn man zudem noch einen Blick auf Scarlattis Sonaten K. 460 und K. 462 sowie auf Wagners Tannhäuser, 3. Akt, 3. Szene, werfe, und zwar genau dorthin, wo Wolfram den Tannhäuser fragt: »Zogst du denn nicht nach Rom?« Georg wäre mit der Germanistikstudentin gern einmal nach Rom gefahren. Aber das hatte er sich mit seiner Tristanakkord-Angeberei verdorben. Je länger Georg die Stewart-Stern-Debatte studierte, um so klarer wurde ihm, daß die Tristanakkord-Forschung die Tendenz hatte, zu einer Forschung über alles mögliche zu werden. Wer über den Tristanakkord forschte, der mußte natürlich auch über Purcell, Bach, Scarlatti und den Tannhäuser forschen. Wer aber über Purcell, Bach, Scarlatti und den Tannhäuser forschte, der mußte auch über Beethoven forschen, sowohl über Beethoven insgesamt wie auch speziell über Beethovens Klaviersonate in Es-dur, op. 31, wo der Tristanakkord laut Stewart »in gleicher Tonhöhe und gleicher Lagerung« wie im Tristan auftritt. Besonders hatte Georg die Wendung von der »gleichen Lagerung« gefallen. Anscheinend mußte man sich den Tristanakkord wie einen kostbaren Rotwein vorstellen, der in den verschiedensten Musikstücken wie in Eichenfässern gelagert wird. Der Tristanakkord wird Stern zufolge auch bei Guillaume de Machaut (um 1300-1377) und Gesualdo da Venosa (1560-1613) gelagert, was speziell bei Guillaume auf eine Lagerzeit von mehr als einem halben Jahrtausend hinausläuft. Das würde kein Wein überstehen, ohne zu Essig zu werden. Der Tristanakkord hielt es anscheinend aus. Natürlich war der Akkord weder Wein noch Essig, sondern ein Gebilde aus Tönen. Doch trotz seiner Stewart- und Stern-Lektüre wußte Georg noch immer nicht, aus welchen Tönen der Akkord eigentlich besteht. Und er hätte zu gern auch gewußt, welches nun der Akkord hinter dem Tristanakkord ist. Beides hatte Georg bei Stewart und Stern nicht erfahren. Was er allerdings erfahren hatte, war, daß man als Tristanakkordforscher nicht Tristanakkord zu sagen brauchte, sondern ganz einfach »TC«. Stewart und Stern sagten immer nur »TC«, was die Abkürzung von Tristan Chord ist. Georg fragte sich, wie die Germanistikstudentin wohl reagiert hätte, wenn er statt »Der Tristanakkord!« jedesmal »TC!« ausgerufen hätte. Er nahm sich vor, das bei passender Gelegenheit und einer anderen Studentin einmal auszuprobieren. Er nahm sich ebenfalls vor, Bergmann zu fragen, aus welchen Tönen der Akkord besteht. Als er während des Abendessens, es war der Abend vor seiner geplanten Abreise, die Frage stellen wollte, hielt er sich jedoch zurück. Wenn man mit Beethoven zu Abend aß, fragte man ihn ja auch nicht danach, in welcher Tonart die Fünfte komponiert sei. Statt dessen fragte er Bergmann, ob Bruno ihn mit dem Bentley zum Schiff bringen könne. Schließlich reise er morgen ab. »Sie reisen ab?« sagte Bergmann darauf. »Und das Typoskript?« Ohne die Korrekturen und das Personenverzeichnis durchzusehen, könne er, Georg, nicht abreisen, sagte Bergmann. Bruno solle gleich morgen früh umbuchen, und Georg solle noch zwei Tage bleiben, dann würde auch der Anschluß besser passen. »Aber der Anschluß paßt«, sagte Georg. Doch Bergmann hatte nicht Georgs Flugzeuganschluß, sondern seinen nächsten Gast auf Scarp gemeint. In drei Tagen würde sein Sohn Antoine auf der Insel eintreffen, der an der Brown University in Providence studierte und den er schon längere Zeit nicht mehr gesehen hatte. Der Sohn hieß Antoine, weil er eine französische Mutter hatte, mit der Bergmann aber nicht mehr zusammenlebte. Antoine studierte »engineering« und interessierte sich laut Bergmann vor allem für Basketball, Autos und Kampfsportarten. »Er wird sich hier langweilen«, sagte Bergmann, »aber es gibt ja noch Bruno und den Bentley.« Georg stellte sich vor, daß Antoine und Bruno im Garten Kampfsportübungen machten, sich vielleicht sogar mit Würgegriffen und Handkantenschlägen traktierten, während Bergmann von seinem Arbeitszimmer aus alles beobachtete. Vielleicht würde Antoine auch den Bentley auseinanderschrauben und wieder zusammensetzen oder mit dem Wagen auf Lewis stundenlang im Kreis herumfahren. Georg fragte nicht nach weiteren Einzelheiten, denn Bergmanns Bemerkung hatte ziemlich sarkastisch geklungen. Statt dessen fragte er ihn nach seiner Frau, mit der Bergmann wohl noch verheiratet war, die aber in Paris lebte und dort eine Praxis für kranke Musiker betrieb. Wobei mit den kranken Musikern vor allem Orchestermusiker, aber auch Solisten sowie Dirigenten und Komponisten gemeint waren. Seine Frau sei von Hause aus Ärztin, sagte Bergmann, Neurologin, habe aber zugleich eine Psychoanalyse-Ausbildung hinter sich, und eine Zeitlang sei sie so etwas wie die Haustherapeutin der Pariser Oper gewesen. Dort hatte er sie auch kennengelernt, sagte Bergmann, aber seit einigen Jahren lebe man nicht mehr zusammen. Komponieren und Zusammenleben vertrügen sich nicht, sagte Bergmann. Entweder man komponiert oder man lebt zusammen. Er kenne zwar Komponisten, die lebten mit jemandem zusammen, Nerlinger zum Beispiel, aber das könne man dann ja auch hören. Außerdem habe sich seine Frau mit den Jahren immer mehr mit Arbeitsstörungen von Musikern beschäftigt, während er mit den Jahren immer mehr gearbeitet habe. Ihr besonderes Interesse gelte den Krampfkrankheiten, wofür er sich ganz und gar nicht interessiere. Als sie noch zusammenlebten, habe sie eine Art Lehrbuch verfaßt mit dem Titel »Qu'est-ce que la dystonie«, das inzwischen zu einem Standardwerk geworden sei. Da habe er sich mit ihr monatelang nur noch über Dystonien unterhalten können. »Ein Krampf«, sagte Bergmann, »ein echter Krampf.« Als Georg wissen wollte, was Dystonien seien, erklärte Bergmann, daß es sich eben um spezielle Krampfzustände handle, die er auch nicht alle kenne, aber er erinnere sich, daß sich seine Frau vor allem für die für Musiker interessanten Krämpfe interessiert habe. Den Schiefhals zum Beispiel, der für Geiger interessant sei, oder Stimmkrämpfe, die die Sänger gern befielen. Einer ihrer Patienten, ein noch relativ junger Sänger an der Pariser Oper, hatte sowohl einen Schiefhals als auch einen Lidkrampf und eine Stimmstörung. Man stelle sich vor, für welche Rollen der sich noch eignete, sagte Bergmann. Der eignete sich nur für Witte-

Opern oder für Scheer-Opern. Dabei schrieben Witte und Scheer gar keine Opern. »Nerlinger schreibt Opern«, sagte Georg darauf, worauf Bergmann sagte, daß die Krampfkrankheiten, die sich für Nerlinger-Opern eigneten, noch gar nicht erfunden seien. Er jedenfalls habe irgendwann nichts mehr von Krampfkrankheiten wissen wollen, zumal sich seine Frau eines Tages auch für den Schreibkrampf interessiert habe, von dem er schon gar nichts habe wissen wollen. Sie hatte ihm zum Beispiel einmal während des Frühstücks von einer speziellen Form des Schreibkrampfes erzählt, der sich in der sogenannten Kleinfingerabspreizung ausdrücke. Und er hatte doch tatsächlich, als er sich nach dem Frühstück an die Arbeit gesetzt hatte, Probleme mit seinem kleinen Finger bekommen. Plötzlich war der kleine Finger seiner Schreibhand im Weg, und das ging einige Tage so, bis er einen Riesenstreit angezettelt hatte, der wahrscheinlich auch der Anfang vom Ende seiner Ehe war. »Aber das wissen jetzt nur Sie«, sagte Bergmann daraufhin zu Georg, worauf der ihm unbedingte Diskretion versprach. Nachdem Georg der Verlängerung seines Aufenthaltes zugestimmt hatte, nahm Bruno die Umbuchungen vor, und Georg und Bergmann arbeiteten an den Korrekturen und am Personenverzeichnis. Die Arbeit an den Korrekturen lief darauf hinaus, daß Bergmann noch im Salon kurz in das Typoskript hineinschaute, ein paar von Georgs Eintragungen überflog und dann sagte, daß das alles sehr schön aussehe. Er werde sich später darum kümmern. Wichtiger war ihm die Arbeit am Personenverzeichnis, was im Grunde keine Arbeit war, da Georg alle Namen bereits notiert und alphabetisch aufgelistet hatte. Um am Personenverzeichnis zu arbeiten, ließ Bergmann Georg in sein Arbeitszimmer kommen, wo sie beide nebeneinander und wie zwei Schulkameraden hinter Bergmanns Schreibtisch Platz nahmen. Niemals zuvor hatte Georg so dicht neben Bergmann gesessen. Zwar hatte er noch immer das Gefühl, neben Brahms oder Beethoven zu sitzen. Doch zugleich fühlte er sich wie der jüngere Bruder von Brahms oder der Sohn Beethovens oder der beste Freund von beiden. Georg war gerührt, daß er Ellenbogen an Ellenbogen neben Bergmann sitzen durfte. Und er war auch gerührt, daß Bergmann ihm die Partiturseiten von »Pyriphlegethon für großes Orchester« zugeschoben und ihn gebeten hatte, die Seiten ohne Umstände auf den Fußboden zu legen. Er nahm die großformatigen, mit Bleistift beschriebenen Bögen, betrachtete das oberste Blatt, bewunderte das kunstvolle Gebilde der Notenzeichen, das sich zur Mitte immer mehr verdichtete und schließlich zu einer enormen Notenballung wurde, die das weiße Papier beinahe schwarz färbte. Das ist der Feuerstrom an seiner heißesten Stelle, dachte Georg, dort, wo er Blasen aufwirft, gärt, pulst und kocht und den Seelen der Verdammten die größten Qualen bereitet. Georg legte die Seiten vorsichtig auf den Teppich. Das Stück war ein Auftragswerk, das im New Yorker Lincoln Center uraufgeführt werden sollte. »Und ich«, dachte Georg, »habe es auf den Teppich gelegt.« Nachdem der Schreibtisch freigeräumt war, nahm Bergmann sich das Personenverzeichnis vor. Das Verzeichnis war ziemlich umfangreich, und Bergmann zeigte sich überrascht, daß in seinen Memoiren circa dreihundert Personen vorkamen. Noch mehr überraschte ihn aber, daß unter diesen Personen auch solche waren, mit denen er entweder zerstritten war oder von denen er auch nicht das geringste hielt und die er darum keinesfalls im Personenverzeichnis erwähnt sehen wollte. Es waren sogar ziemlich viele darunter, von denen er sich nun gar nicht mehr vorstellen konnte, daß sie in seinem Buch überhaupt vorkamen, und Georg mußte jedesmal den Beweis liefern und ihm die betreffende Stelle im Text zeigen. Obwohl Georg Bergmann sagte, daß das Personenverzeichnis eines Buches alle in dem Buch erwähnten Namen aufführen müsse, ganz gleich, ob diese Personen dem Verfasser sympathisch seien oder nicht, versuchte Bergmann ihn davon zu überzeugen, einige Namen aus dem Verzeichnis herauszunehmen. Darauf sagte ihm Georg, daß er zwar die Namen tilgen könne. Doch wenn er die Namen aus dem Verzeichnis tilge, dann müßten sie auch aus dem Text getilgt werden. Sonst würde es sich nicht mehr um ein echtes Personenverzeichnis handeln, sondern eher um so etwas wie eine umgekehrte Tabula gratulatoria. Georg kannte die Tabula gratulatoria aus den Festschriften von Germanistikprofessoren. Er hatte auf seiner Suche nach Aufsätzen über das Vergessen in der Literatur auch zahlreiche Festschriften durchgesehen. In Festschriften konnte man alles finden, also auch etwas über sein Thema, was aber nicht der Fall war. Statt dessen stieß er am Ende der Festschriften immer auf die sogenannte Tabula gratulatoria, die er bis dahin noch nicht gekannt hatte. Obwohl die Tabula gratulatoria nichts als eine Namensliste mit Professorennamen war, hatte es Georg immer ein gewisses Vergnügen gemacht, die Namenslisten zu studieren. Besonderes Vergnügen machte es ihm, wenn er die gleichen Namen in den Gratulationslisten anderer Festschriften wiederentdeckte. Es gab sogar Namen, die in fast allen Gratulationslisten auftauchten. Zugleich fiel ihm allerdings auch auf, daß denjenigen, die am meisten gratulierten, am wenigsten selbst gratuliert wurde. Falls sie es überhaupt zu einer Festschrift brachten. Je mehr Namen eine Gratulationsliste hatte, um so mehr durfte sich der Geehrte geehrt fühlen. Einerseits. Andererseits war eine lange Liste von Gratulanten zugleich auch eine lange Liste von Leuten, die allenfalls bereit waren, ihren Namen für die Liste herzugeben, aber keinesfalls einen Beitrag für die Festschrift schreiben wollten. Und oft genug wollten sie deshalb keinen Beitrag schreiben, weil der zu ehrende Professor auch für ihre Festschrift keinen Beitrag geschrieben hatte. Als Georg die umgekehrte Tabula gratulatoria erwähnte, hatte Bergmann sofort gesagt, daß sich das sehr gut anhören würde. »Dann machen wir eben eine Tabula gratulatoria«, hatte Bergmann gesagt, worauf Georg noch einmal zu erklären versuchte, daß ein ausgewähltes Personenverzeichnis allenfalls eine umgekehrte Tabula gratulatoria sei, also ein Verzeichnis, welches die in ihm aufgeführten Personen dadurch ehrte und würdigte, daß sie in diesem Verzeichnis vorkämen. »Sehr gut«, sagte Bergmann, »wunderbar, das machen wir«, um sich wieder dem Personenverzeichnis zuzuwenden. Georg war sich nicht sicher, ob Bergmann ihm überhaupt zugehört hatte, sagte aber nichts mehr, sondern ging mit Bergmann weiter das Personenverzeichnis durch. Die Besprechung des Verzeichnisses war zeitraubend, aber amüsant, denn Bergmann fiel zu fast jeder Person, die er nicht im Personenverzeichnis sehen wollte, eine Anekdote ein, mit der er Georg erläuterte, warum er diese Person nicht im Personenverzeichnis sehen wollte. Beinahe die Hälfte der in den Memoiren erwähnten Personen wollte Bergmann nicht im Personenverzeichnis sehen. »Die anderen aber sehr gern.« Das sagte Bergmann so, als würde er Georg einen persönlichen Dienst erweisen, wenn er einen Namen ins Personenverzeichnis aufnahm. Was den Effekt hatte, daß Georg dementsprechend reagierte. Wenn Bergmann freundlich mit der gerade verhandelten Person war und entschied: »Meinetwegen, der kann rein«, dann setzte Georg nicht nur ein Pluszeichen hinter den betreffenden Namen, sondern murmelte auch noch ein kurzes »Schön«, ein erleichtertes »Prima« oder sogar ein »Danke«. Natürlich gab es auch Zweifelsfälle, über die Bergmann länger nachdenken mußte. Einer der Zweifelsfälle war Nerlinger. Am liebsten hätte Bergmann Nerlinger nicht erwähnt. Nerlinger war, was Bekanntheit, Aufführungszahlen und den zu erwartenden Nachruhm anging, sein schärfster Rivale. Wohl gab es auch noch Scheer und Witte, die beide ebenso alt wie Bergmann und Nerlinger, seit Jahrzehnten aktiv und international bekannt waren, doch stellten weder Scheer noch Witte eine echte Konkurrenz dar. Bergmann hatte ihm an einem der Kaminabende von seinen gleichaltrigen Kollegen erzählt, wobei es Georg anfangs so vorkam, daß er durchaus wohlwollend von ihnen erzählte. Besonders Scheer und Witte lobte er nachdrücklich für ihren konsequenten Eigensinn, wie Bergmann das nannte. Scheers Eigensinn bestand darin, daß er sogar Baukräne und Abrißbirnen für seine Kompositionen einsetzte, was in einem normalen Konzertsaal natürlich nicht zu machen war. Witte dagegen war insofern eigensinnig, als er mehrere Forschungsinstitute und Rechenzentren für seine Kompositionen benötigte. Für eines seiner berühmtesten Orchesterstücke, das »Pythagoras Wurzel aus Eins«, hatte er sogar das CERN in Genf bemüht. »Ohne Nuklearforschung«, sagte Bergmann, »macht es Witte nicht mehr.« Er selbst brauche nur Papier, einen Bleistift und einen Anspitzer. Witte aber einen Teilchenbeschleuniger. Bergmann sagte, daß er sich von Witte und Scheer noch viele Kompositionen mit Abrißbirne, Baukran, Teilchenbeschleuniger und Forschungszentrum wünsche. »Ich unterstütze das sehr«, sagte Bergmann. Das halte die Spielpläne und Konzertsäle für seine eigenen Arbeiten frei, und damit sei doch allen gedient. Und so konnte Bergmann auch relativ gelassen Witte und Scheer in seinen Memoiren würdigen. Nerlinger konnte er weniger gelassen würdigen. Nerlinger schrieb Opern und Symphonien wie

Bergmann. Mit Bleistift und bühnen- beziehungsweise konzertsaaltauglich. Am liebsten hätte Bergmann Nerlinger gar nicht erwähnt. Das wäre aber aufgefallen. Nun hatte er ihn erwähnt, allerdings nur ein einziges Mal, und dies auch nur, weil sie in den sechziger Jahren beide gemeinsam bei einem Empfang des Bundespräsidenten zu Gast waren und Nerlinger vor ihm in der Schlange gestanden hatte. »Vor mir stand Nerlinger«, lautete der Eintrag, »und hinter mir Sepp Herberger.« Das war natürlich nicht großzügig, sondern boshaft, das wußte auch Bergmann, obwohl er Georg versicherte, daß es genauso gewesen sei. Georg war ebenfalls der Meinung, daß Bergmann Nerlinger nicht nicht erwähnen konnte. Das sei ein gefundenes Fressen für die Presse. Einen kurzen Moment lang überlegte Georg, ob Bergmann Nerlinger vielleicht vergessen könnte. Aber wie sollte man das Vergessen Nerlingers von der vorsätzlichen Nichterwähnung Nerlingers unterscheiden. Das literarische Stilmittel für diese Unterscheidung war noch nicht gefunden. Georg nahm sich vor, diese Problematik für die Doktorarbeit im Auge zu behalten. Bergmanns Nerlingerproblem konnte durch das Vergessen jedenfalls nicht gelöst werden. Blieb nur das andere Verfahren: Nerlinger oft erwähnen. Georg schlug Bergmann vor, weitere Nerlingererwähnungen in das Buch einzuarbeiten.

Alle zehn Seiten sollte in Bergmanns Memoiren der Name Nerlinger fallen. So wie alle zehn Minuten im Tristan der Tristanakkord erklingt. Als Bergmann Georgs Vorschlag hörte, sagte er sofort und auch ein wenig verärgert »Unmöglich«, dann schwieg er eine Weile und sagte schließlich, daß er eine Idee habe. Da das Buch mit dem Schottlandaufenthalt und der Fertigstellung von »Pyriphlegethon für großes Orchester« ende, werde er auch die Übergabe des Flügels, die Pressekonferenz, die rotgesichtigen Journalisten und die Frage nach Nerlinger und natürlich auch seine geniale Antwort darauf erwähnen. »Das ist die Lösung«, sagte Bergmann, und auch Georg stimmte ihm zu und sagte, daß unter diesen Umständen Nerlinger natürlich auch ins Personenverzeichnis müsse. »Kein Problem«, meinte Bergmann, so daß Georg auch gleich noch nach Sepp Herberger fragte. »Ebenfalls hinein«, sagte Bergmann generös. Noch generöser kam es Georg vor, daß Bergmann wünschte, auch Georgs Namen in das Personenverzeichnis aufzunehmen, worauf Georg äußerlich mit Gleichmut reagierte, in Wahrheit aber hocherfreut und mit dem gleichen Brennen im Hals und dem gleichen Druck unter dem Gaumen, den er gespürt hatte, als er Bergmanns Limousine zum erstenmal sah.

Als Georg in sein Zimmer in der Nähe des Landwehrkanals zurückgekehrt war, wirkte der Schottlandaufenthalt insofern in ihm nach, als er nun, in der schmuddeligen und auch im Sommer verrußten Atmosphäre Kreuzbergs, ein halbes Dutzend helle und vom Licht des Sunds von Scarp flirrende Schottlandgedichte schreiben konnte. Er ließ die Gedichte einige Zeit liegen und schickte sie dann mit besten Grüßen an Bergmanns italienische Adresse, worauf er einen handgeschriebenen Brief erhielt, in dem sich Bergmann mit einem knappen und preußisch klingenden »In diesem Sinne weiterdichten!« für die Gedichte bedankte und Georg zugleich wissen ließ, daß sie es beide versäumt hatten, die Typoskriptkorrekturen im einzelnen durchzugehen. Außerdem seien einige von Georgs Anmerkungen unleserlich. Das Typoskript müsse unbedingt noch einmal durchgesehen werden, bevor es an den Verlag gehe. Da sich Bergmann wegen der Uraufführung von »Pyriphlegethon für großes Orchester« ohnehin einige Zeit in New York aufhalten werde, sei es für alle am praktischsten, wenn Georg nach New York komme. Die Tickets würden ihm von Bergmanns Büro zugeschickt werden. Für Georg war die New-York-Reise nicht praktisch, wie Bergmann meinte, sondern die Erfüllung eines Traumes, den er schon lange geträumt, ihn sich aber bisher nicht erfüllt hatte. Erstens aus finanziellen Gründen und zweitens aus einer gewissen schamhaften Zurückhaltung heraus. Alle Welt und alle seine Bekannten reisten seit einiger Zeit nach New York. Und alle schwärmten sie von New York. War früher alle Welt nach Italien, Griechenland oder auch nach Jamaika oder Kuba gereist, so ging es heute nach New York. Nicht nur in der Universität konnte Georg fast immer, wenn er in der Bibliothek oder der Mensa war, Gespräche zwischen Studenten aufschnappen, die von ihren New-York-Reisen erzählten. Auch im Kreuzberger Sozialamt war es vorgekommen, daß sich einige Sozialhilfeempfänger, die mit ihren schwarzen Anzügen, T-Shirts, Dreitagebärten und Kurzhaarfrisuren allerdings nicht wie Sozialhilfeempfänger, sondern wie Regisseure oder Modedesigner aussahen, über ihre New-York-Erlebnisse unterhalten hatten. Georg hatte sogar den Eindruck, daß sich einer von ihnen ganz in New York niedergelassen hatte und nur noch nach Kreuzberg und an den Mariannenplatz kam, um die Sozialhilfe abzuholen. Aus seinen Gesprächen mit New-York-Kennern wußte Georg, daß New York in Wahrheit Manhattan ist. »Wer New York sagt – der meint Manhattan.« Diesen Satz hatte er immer wieder gehört. Eines Tages aber hatte ihm eine Kommilitonin, die aus gutem Hause stammte, glutrotes Haar hatte, weiße Herrenoberhemden mit nichts darunter und aufgeschlitzte Jeans trug und gerade ihre Magisterarbeit über »Die Verfolgte Unschuld bei Sophie von La Roche und Samuel Richardson« schrieb, erzählt, daß sie bereits siebenmal in New York gewesen sei. Daß sie aber die letzten beiden Male Manhattan gemieden hatte. »Nach Manhattan gehe ich vorerst nicht mehr«, hatte sie gesagt. Sie gehe vor allem nach Brooklyn, gelegentlich auch in die Bronx, meistens aber nach Brooklyn, und dort wohne sie am liebsten in Dumbo. Dumbo hatte Georg noch niemals gehört, und wenn er Brooklyn hörte, dachte er sofort »Brennpunkt Brooklyn«, was ihn ärgerte, wogegen er aber nichts machen konnte. Die Studentin dachte sicher nicht »Brennpunkt Brooklyn«, denn auf die Frage von Georg »Und wie ist es so in Brooklyn?« zog sie die Nase kraus, strich mit der Linken eine Haarsträhne nach hinten, lächelte, zeigte ihre makellosen Zähne und sagte: »Fahr du erst mal nach Manhattan.« Dann hatte sie noch auf hinreißend kühle Weise »Tschüß« gesagt und war in die Bibliothek gegangen, während Georg sich in die Cafeteria begab, um Flugblätter zu lesen. Georg freute sich trotzdem auf Manhattan. Außerdem reiste er nicht als Tourist, was der ganzen Sache ein völlig anderes Gewicht gab. Um sich auf die Reise vorzubereiten, ließ er sich in der Buchhandlung diverse Reiseführer zeigen, darunter auch einen, der ihm von der Buchhändlerin so nachdrücklich ans Herz gelegt worden war, daß er nicht nein sagen konnte: *New York für Frauen*. Bald trafen auch die Tickets und eine Reservierung für das Washington Square Hotel ein, das sich laut Reiseführer im Herzen von Manhattan befand. Bergmann selbst, teilte ihm dessen Büro mit, würde im Plaza wohnen. Außerdem wurden ihm noch Datum und Uhrzeit für eine Arbeitssitzung im Plaza genannt. Der Flug nach New York ging über Frankfurt und war nicht aufregender als eine Fahrt mit dem Nachtzug. Erst als sie sich langsam New York näherten, spürte Georg wieder dieses Brennen im Hals und den Druck unter dem Gaumen, was er als eine Art Lampenfieber deutete. Die Anspannung nahm noch zu, als er unter sich die ersten Lichter und irgendwann auch eine Brücke mit beleuchteten Spannseilen sah. Georg sagte zu seinem Sitznachbarn, einem Elektroniker aus Stuttgart, der nicht zum erstenmal in die USA reiste: »Das ist die Brooklyn Bridge.« Der Elektroniker reagierte nicht auf Georgs Bemerkung, was Georg so lange für unfreundlich hielt, bis er eine weitere Brücke entdeckte, die er ebenfalls für die Brooklyn Bridge hielt, nun aber nichts sagte, was insofern vernünftig war, als er beim Anflug auf den Kennedy Airport eine dritte Brücke mit beleuchteten Spannseilen entdeckte. Georg nahm sich noch während des Landeanflugs vor, alle Vorerwartungen erst einmal zu ignorieren und der Stadt so unbefangen wie möglich gegenüberzutreten. Auch vor den strengen Einreisekontrollen, von denen man ihm in Berlin erzählt hatte, wollte er sich nun nicht länger fürchten. Die auf der grünen Einreisekarte gestellten Fragen hatte er bereits während des Fluges beantwortet und sich über die auf dem Formular abgedruckte Erläuterung gewundert, die dem Benutzer Rechenschaft über den zum Ausfüllen des Formulars benötigten Zeitaufwand ablegte: »Die erforderliche Zeit zur Vervollständigung des Formulars errechnet sich wie folgt: 1.) 2 Minuten für die Durchsicht des Formulars; 2.) 4 Minuten zur Vervollständigung des Formulars bei einer durchschnittlichen Zeit von 6 Minuten pro Antwort.« Georg war verwirrt. Erstens verwirrte ihn die Tatsache, in ein Land zu reisen, in dem es Formulare gab, auf denen die durchschnittliche Zeit zum Ausfüllen des Formulars errechnet wurde. Zweitens verwirrte ihn die auf dem Formular angestellte Rechnung, die neben der Durchsichts- und Ausfüllzeit auch noch eine Bedenkzeit von 6 Minuten pro Antwort vorsah. Wer aber würde jeweils ganze 6 Minuten darüber nachdenken müssen, ob er an Sabotageakten, Drogenhandel oder Kindesentführung beteiligt war? Georg jedenfalls nicht, und auch der Zollbeamte zögerte keine Sekunde, Georgs Einreiseformular entgegenzunehmen, den Paß zu stempeln und den deutschen Gast auf amerikanischen Boden zu entlassen. Nichts leichter, so schien ihm nun, als in Amerika einzureisen. Nichts leichter auch, als in Amerika ein Taxi zu bekommen. Das wußte er aus seinem Reiseführer, den er während des Fluges studiert hatte. Hier hatte er gelesen, daß vor dem New Yorker Flughafen ein sogenannter Dispatcher auf ihn warten und ihm ein entsprechendes Taxi zuweisen würde. Er stellte sich in die Schlange der Wartenden, und es geschah wie vorhergesagt. Ein Mann in einer dunkelblauen Uniform, bei dem es sich um besagten Dispatcher handeln mußte, winkte die Taxen heran und achtete darauf, daß niemand aus der Schlange ausscherte und jeder erst dann ins Taxi stieg, wenn er an der Reihe war. Was konnte man sich mehr wünschen, als gegen Mitternacht in einer fremden und nicht ungefährlichen Großstadt einzutreffen und von einem Dispatcher ein Taxi zugewiesen zu bekommen? Noch während Georg den geregelten Taxibetrieb beobachtete, dachte er, daß New York anscheinend doch nicht der Ort ist, wo man nur mit schußsicherer Weste auf die Straße gehen kann. New York ist vielmehr der Ort, wo einem Taxis zugewiesen werden. Das beruhigte ihn enorm, und er hatte nun auch genügend Muße, die warme und ein wenig zähe New Yorker Nachtluft zu atmen, die Wartenden in der Schlange zu betrachten und sich über den klaren Sternenhimmel zu freuen, der sich über dem Flughafengebäude wölbte. Doch je länger er wartete und die friedliche Szenerie genoß, um so unruhiger wurde er wieder. Irgend etwas stimmte nicht. Irgend etwas war anders hier. Waren in New York die Sterne heller? Waren die Sommernächte wärmer? Obwohl er nichts Außergewöhnliches entdecken konnte, kam ihm hier alles nicht nur ungewöhnlich friedlich, sondern auch seltsam unwirklich vor. »Wie im Film«, dachte er, »wie in einem mit heiseren Trompetenklängen unterlegten film noir«, fand den Gedanken aber zugleich so läppisch und abgedroschen, daß er sich dafür am liebsten bei sich selbst entschuldigt hätte. Erst als das für ihn zuständige Taxi von dem Dispatcher in die Wartezone eingewiesen wurde und heranrollte, wurde Georg bewußt, was ihn die ganze Zeit befremdet hatte. Es waren die fehlenden Motorengeräusche der Autos. Die New Yorker Autos fuhren so leise, daß man sie überhörte. Sie fuhren nicht, sie schienen auf Luftkissen zu schweben. Die Stille, die von den New Yorker Autos ausging, war beunruhigend. Und beunruhigend war auch ihre Langsamkeit. Sie beschleunigten nicht, sie bremsten nicht, sie gaben nicht Gas, sie schwebten gemächlich und beinahe unhörbar über den Asphalt. Auch Georgs Taxi rollte so lautlos auf ihn zu, als wollte es von niemandem bemerkt werden. Es schlich sich förmlich heran, und er konnte sich des Eindrucks nicht erwehren, daß von den New Yorker Autos und speziell den New Yorker Taxis eine gewisse Heimtücke ausging. Sie gaben vor, sich in einer Art Trancezustand zu bewegen. Aber in Wahrheit waren sie hellwach. Er nahm sich vor, trotz des langen Fluges und der sich bemerkbar machenden Zeitverschiebung, ebenfalls so wach wie möglich zu bleiben, bis er sicher in seinem Hotelzimmer angekommen war. Er wollte weder die Ankunft in der Stadt verschlafen, schließlich erfüllte er sich gerade einen langgehegten Traum, noch wollte er den Taxifahrer aus den Augen lassen, bei dem es sich um einen Inder, Pakistani oder Ceylonesen handelte, der kein Englisch sprach und auch die Adresse nicht verstand, die Georg ihm durch die Luft- beziehungsweise Hörlöcher der Sicherheitsscheibe zurief. Obwohl er mehrmals deutlich »Washington Square« rief, zuckte der Fahrer nur mit den Schultern. Auf den zusätzlichen Hinweis »Manhattan« reagierte er einerseits mit einem bestätigenden »Yes, Sir«, welches andererseits aber von einem weiteren Schulterzucken begleitet war, so daß Georg nichts anderes übrigblieb, als ihm die Reservierung des Hotels zu geben, auf der die Hoteladresse deutlich zu lesen war. Er versuchte die Reservierung durch die Hörlöcher zu schieben, was ihm aber nicht gelang. Durch diese Löcher hätte nicht einmal ein Strohhalm gepaßt, und wahrscheinlich waren sie so klein, damit man nicht hindurchschießen konnte. Während er sich noch mit dem Papier abmühte, versuchte der Fahrer, die Klappe in der Sicherheitsscheibe zu öffnen, durch die man das Geld hindurchreichte, was aber ebenfalls nicht gelang, da sich irgend etwas in dem Mechanismus verklemmt hatte. Also stieg der Fahrer aus, öffnete die hintere Wagentür und nahm die Reservierung in Empfang. Ein kurzer Blick auf das Papier genügte, wortlos gab er Georg das Blatt zurück und setzte sich ans Steuer. Lesen konnte er anscheinend, und den Washington Square kannte er auch. Während der Wagen sich endlich in Bewegung setzte, stellte der Fahrer das Autoradio an und sagte zugleich einen ziemlich langen Satz, in dem sowohl die Worte »vierzig Dollar« wie auch die Worte »dreißig Dollar« vorkamen. Georg verstand zuerst »forty dollars«, dann »thirty dollars« und dann wieder »forty dollars«. Aber er verstand nicht, was es mit den beiden Summen auf sich hatte. Außerdem wurde er langsam ungeduldig, die Zeitverschiebung machte ihm zu schaffen, für ihn war es nicht Mitternacht, sondern sechs Uhr morgens, und er wollte ins

Bett. Um die Sache friedlich zu Ende zu bringen, entschied er sich für die höhere Summe, sagte »forty dollars«, worauf der Taxifahrer den Taxameter abstellte. Das gefiel ihm nicht. Er wollte nicht in irgendwelche illegale Aktionen verwickelt werden. Außerdem hätte der Fahrer den Taxameter doch im Falle der niedrigeren Summe abstellen müssen und nicht im Falle der höheren. So war es jedenfalls in Europa üblich. Allerdings wußte er nicht, was Taxameter auf englisch hieß, und ihm blieb nichts anderes übrig, als dem Fahrer nun wieder »thirty dollars« zuzurufen. Statt auf sein neuerliches Angebot zu reagieren, stellte der Fahrer das Radio lauter, umklammerte mit beiden Händen das Lenkrad und blickte so angestrengt auf die Straße, als müsse er jeden Moment mit einem Geisterfahrer oder mit Wildwechsel rechnen. Aber es gab weder Geisterfahrer noch wilde Tiere, und es gab auch fast keinen Verkehr. Georg hatte sich New York immer als einen unablässig pulsierenden Organismus vorgestellt, dessen belebte Straßen sich bei Nacht wie glühende, phosphoreszierende Blutbahnen durch den Stadtkörper ziehen. Statt dessen herrschten Dunkelheit und Leere auf den Straßen, und je näher er der Stadt kam, um so dunkler und leerer wurde es. Er war beunruhigt, wurde auch ein wenig ängstlich. New York, das war bis jetzt eine nur spärlich beleuchtete und so gut wie unbenutzte Autostraße, auf der er sich zusehends kleiner und verlorener fühlte. Das Gefühl der Kleinheit wurde noch durch die Rückbank des Taxis verstärkt, die so tief in den Wagen eingelassen war, daß er wie ein Kind die Nase recken mußte, um überhaupt etwas sehen zu können. Vielleicht war neben der leeren Autostraße auch die tiefe Rückbank daran schuld, daß in ihm die Furcht aufkeimte, der Taxifahrer würde gar nicht in die Stadt hineinfahren, sondern aus ihr heraus. Schließlich hatte er seinem Reiseführer den Ratschlag entnommen, beim Taxifahren eine gewisse Vorsicht walten zu lassen. So sollte man vor allem darauf achten, in ein yellow cab und nicht in ein gipsy cab zu steigen. Befand er sich überhaupt in einem yellow cab? Beim Einsteigen hatte er darauf nicht geachtet und ganz dem Dispatcher vertraut. Das Innere des Wagens hatte einen verwaschenen Grauton, und er glaubte sich daran zu erinnern, daß auch das Äußere eher grau als gelb war. Wahrscheinlich war er in einem gipsy cab, was er sich mit Zigeunertaxi übersetzte und wogegen man eigentlich nichts haben durfte. Ihm gefiel aber nicht, daß ihn der Fahrer während der ganzen Fahrt immer wieder im Rückspiegel beobachtete. Er wollte sich das nächtliche New York ansehen, und dabei wollte er nicht von einem Taxifahrer beobachtet werden. Doch sobald er seinen

Blick vom Seitenfenster nach vorne wandte, sah er, wie der Fahrer seinen Blick von ihm abwandte, und er war sicher, daß er ihn sofort wieder beobachten würde, sobald er nicht mehr nach vorn, sondern aus dem Seitenfenster schaute. Was er dort sah, waren die düsteren Betoneinfassungen der Stadtautobahn, die gelegentlich durch einen Abzweig unterbrochen wurden. Das einzige, was Georgs New-York-Erwartung ein wenig Nahrung gab, waren grüne Hinweisschilder, auf denen Namen wie Queens und Brooklyn zu lesen waren, die in ihm ein gewisses Gefühl der Erhabenheit auslösten und ihn zugleich an die rothaarige Studentin erinnerten. Allerdings vermißte er den Hinweis auf Manhattan, und wahrscheinlich wäre er schon bald sehr nervös geworden, hätte ihn nicht ein Schild mit der Aufschrift Flushing Meadows wieder beruhigt. Das kannte er, bald sah er auch den Rundbau des Stadions, und er wußte, daß Flushing Meadows zwischen dem Kennedy Airport und Manhattan liegt. Sie waren also auf dem richtigen Weg, und er brauchte möglicherweise nicht nach dem letzten Mittel zu greifen. Das letzte Mittel gegen verbrecherische Taxifahrer bestand laut Auskunft seines Reiseführers darin, den Fahrer am Ende der Fahrt um eine Quittung zu bitten: »May I have a receipt please.« Und dies nicht etwa, um eine Quittung für das heimische Finanzamt zu ergattern, sondern um auf diskrete Weise in den Besitz der Konzessionsnummer zu gelangen, die auf jeder Quittung verzeichnet ist. Während sie nun die Stadtautobahn verließen und durch ein Wohngebiet fuhren, das ebenso unbelebt schien wie alles, was er bisher gesehen hatte, dachte er an die Quittung und daran, was er im Falle irgendwelcher Unregelmäßigkeiten zu tun hatte. Der Reiseführer empfahl dem Fahrgast, sich bei der »Taxi & Limousine Commission« mit Hilfe eines vorformulierten Beschwerdetextes zu beschweren. Georg versuchte, den Text, den er während des Fluges mehrmals gelesen hatte, aus dem Gedächtnis wiederherzustellen, und memorierte ihn so lange vor sich hin, bis er gegen seinen Willen einschlief. Als er erwachte, blickte er in ein ceylonesisches oder indisches beziehungsweise pakistanisches Gesicht, welches ihm immer wieder die Worte »Washington Square Hotel« zurief. Der Fahrer hatte sich von der Seitentür aus über ihn gebeugt, und Georg brauchte einige Zeit, um sich zu orientieren. Das Gepäck war bereits ausgeladen, Georg gab dem Fahrer vierzig Dollar und das Trinkgeld, vergaß aber nach der Quittung zu fragen. Und noch während er mit dem Lift in den neunten Stock des Hotels fuhr, erinnerte er sich daran, soeben einen Traum geträumt zu haben, in dem er ein Taxifahrer war, der immer den gleichen Fahrgast beförderte. Und dieser Fahrgast war er.

Nach kurzem und unruhigem Schlaf traf Georg am nächsten Morgen im Frühstücksraum einen ehemaligen Studienkollegen. Das Washington Square Hotel war anscheinend nicht nur etwas für Eingeweihte. Vielleicht würde er hier auch noch den einen oder anderen Kreuzberger Bekannten oder einen Spielkameraden aus Emsfelde treffen. Der ehemalige Studienkollege erzählte Georg, daß er das Germanistikstudium abgebrochen, statt dessen eine Tischlerlehre absolviert und daraufhin Architektur studiert habe. Während Georg den ersten Muffin seines Lebens aß, sagte der Studienfreund, daß er nicht als Architekt arbeite, sondern journalistisch tätig sei und Architekturpublizistik betreibe. Insofern seien die vier Semester Germanistik nicht umsonst gewesen. »Stilmäßig gesehen«, wie er sich ausdrückte. Zur Zeit sei er damit beschäftigt, so etwas wie einen »Geheimen Architekturführer New York« zu schreiben. Einen Architekturführer dieser Art gebe es noch nicht. Zumindest habe er das bis gestern geglaubt. Gestern aber habe er im Burlington Book Shop in der Madison Avenue ein soeben erschienenes Buch mit dem Titel »Secret Architectural Treasures« entdeckt. Im Grunde genommen könne er gleich wieder nach Hause fliegen und das ganze Projekt vergessen. Doch er habe einen Vertrag, den er einhalten müsse, und darüber hinaus habe er schon zahlreiche Recherchen angestellt. Ein Großteil der Recherchen sei nun überflüssig, da hätte er gleich die »Secret Architectural Treasures« lesen können und nicht eigens nach New York reisen müssen. Speziell die echten Geheimtips, auf die er ziemlich stolz war, würden sich nun weitgehend in dem Buch wiederfinden. Der Downtown Athletic Club beispielsweise, in dessen siebtem Stockwerk lange Zeit ein Golfplatz angelegt war. Oder das Brill Building. Oder der Mercedes-Benz Showroom in der Park Avenue. Noch ehe Georg nachfragen konnte, was an einem Mercedes-Benz Showroom denn so besonders und dazu noch geheim sei, sagte der ehemalige Studienkollege, daß das entscheidende daran die glamouröse Las-Vegas-mäßige Innenausstattung durch den ansonsten gar nicht glamourösen Frank Lloyd Wright sei. Der Showroom sei beispielsweise mit einer roten kreisförmigen Rampe ausgestattet, auf der die neuen Limousinen gewissermaßen wie eitle Raubkatzen posierten. So zumindest habe er es formuliert. Eine nahezu identische Formulierung habe er allerdings auch in den »Secret Architectural Treasures« gelesen, so daß er, wenn er dies in seinem Buch schreiben würde, wie ein Plagiator dastehe. Das aber wolle er nicht riskieren. Andererseits – irgend etwas müsse er schreiben. Am liebsten würde er das Geheimtip-Projekt hinschmeißen. Nachdem die »Treasures« erschienen seien, sei aus dem Geheimtip-Projekt ein Mainstream-Projekt geworden. Georg nutzte das Stichwort, um dem ehemaligen Studienkollegen zu sagen, er habe in seinem Reiseführer gelesen, daß sowohl das Washington Square Hotel wie auch der Washington Square selbst Geheimtips seien, worauf der Bekannte leicht gereizt erwiderte, daß dies auch auf den Eiffelturm, aber mehr noch auf den Canal Grande zutreffe. Dann drehte er sich nach der Bedienung um, bestellte weiteren Kaffee und erklärte Georg, daß sich sein eigentliches Interesse auf ganz andere Dinge richte. Sein Interesse richte sich weder auf Mainstream noch auf Nicht-Mainstream, sein Interesse richte sich auch nicht auf Orte oder Nicht-Orte, sein Interesse richte sich gerade darauf, aus der methodischen und im Grunde ja auch existentiellen Zwangsjacke Mainstream versus Nicht-Mainstream beziehungsweise Ort versus Nicht-Ort beziehungsweise Innen versus Außen oder, was er neuerdings immer wieder lesen könne, Suburbanisierung versus Megaurbanisierung respektive Exurbanisierung hinauszugelangen. Im Grunde, so der ehemalige Studienkollege, könne er sich für gar nichts mehr interessieren, denn die gesamte Architekturkritik stecke in dieser Zwangsjacke, ob sie wolle oder nicht. Als Georg erwiderte, daß ihn vor allem die Klassische Moderne interessiere und daß er sich in New York zuallererst einmal Gebäude wie das Rockefeller Center, das Woolworth Building, aber auch das World Trade Center anschauen wolle, antwortete der Studienkollege, daß das eben das Problem sei. Was er damit meine, fragte ihn Georg zurück, ob ihm das Rockefeller Center nicht gefalle. »Das ist eben das Problem«, sagte er noch einmal, nun eine Spur aggressiver. Georg könne sich anschauen, was er wolle. Er könne sich auch das Rockefeller Center anschauen. Aber er solle sich auf keinen Fall das World Trade Center anschauen. Er selbst, so der Bekannte, habe sich das World Trade Center nie angeschaut, und er werde es sich auch in Zukunft nicht anschauen. Er negiere das World Trade Center. Wenn er beispielsweise mit der Fähre nach Staten Island fahre, was er gelegentlich tue, dann blicke er zwar auf die gesamte Skyline von Manhattan, aber das World Trade Center negiere er. Er sehe es einfach nicht. Als Georg ihn erstaunt anblickte, wiederholte er noch einmal: »Ich sehe es nicht! Und basta!« Das sagte er so laut und beinahe schreiend, daß die anderen Hotelgäste aufmerksam wurden. Da Georg den Eindruck hatte, daß der ehemalige Studienkollege nicht nur berufliche Probleme hatte, zog er es vor, sich zu verabschieden. Als er den langgestreckten Frühstücksraum schon fast verlassen hatte, rief der Bekannte ihm nach: »Wir sehen uns morgen!« Das bedeutete, daß Georg in den nächsten Tagen auswärts würde frühstücken müssen. Schließlich wollte er seine wenigen New Yorker Tage nicht auf diese Weise verbringen. Heute hatte er erst einmal Zeit. Sein Arbeitstermin mit Bergmann war am späten Nachmittag. Und zwei Tage darauf war die Premiere von »Pyriphlegethon für großes Orchester«, wofür ihm Bergmanns Büro eine Karte reserviert hatte. Er verließ das Hotel und fuhr zuerst zum Rockefeller Center, wo er den schwarzen Marmor, die goldenen Ornamente und die riesigen schmiedeeisernen Türen der Eingangshalle bestaunte. Im Reiseführer war von Art déco die Rede. Georg aber hatte den Eindruck, in einem verschwenderisch ausgestatteten Pharaonengrab umherzuspazieren. Mit dem Lift fuhr er auf gut Glück in eines der oberen Stockwerke, um sich das Innenleben des Hochhauses und vielleicht auch dessen Bewohner anzusehen. Doch als er den Lift verlassen wollte, erwartete ihn bereits ein Wachmann und fragte, ob er einen Termin habe. Er hatte keinen, entschuldigte sich, fuhr zehn Stockwerke weiter hinauf, stieg erneut aus, stand wiederum einem Wachmann gegenüber, der ihn ebenfalls fragte, ob er einen Termin habe. Nein, sagte Georg, er habe keinen Termin. Bei wem hätte er auch einen Termin haben sollen. Er wollte sich nur das Hochhaus ansehen. Aber das sagte er nicht, weil ihn der Wachmann beinahe gewaltsam nötigte, wieder den Lift zu betreten. Georg drückte den Knopf für das oberste Stockwerk, hier mußte die Aussichtsplattform sein, und der Lift brachte ihn schnell und lautlos nach oben. Als Georg angekommen war, bewegte er seine Kiefergelenke, um den Druck auf den Ohren auszugleichen. Von einer Aussichtsplattform war nichts zu sehen. Statt dessen stand Georg in einem mit weichen Teppichen ausgelegten und gedämpft beleuchteten Korridor. Obwohl er im siebzigsten Stockwerk, also beinahe im Himmel war, hatte Georg das Gefühl, als sei er unter der Erde und nicht über ihr. Am Ende des Korridors war eine breite verschlossene Tür aus dunklem Glas mit dem eingravierten Schriftzug »Rainbow Room«. Das klang vielversprechend, Georg ging darauf zu, ohne daß ein Wachmann dazwischentrat. Als er ungefähr zwei Drittel des Korridors zurückgelegt hatte, öffnete sich die Glastür von selbst und machte den Blick auf einen Empfangstisch frei, hinter dem zwei Frauen saßen. Es mußten die Empfangsdamen sein, doch für Georg waren es keine Empfangsdamen, für ihn waren es die beiden schönsten Frauen New Yorks. Die eine war weiß und die andere schwarz, beide trugen sie enge und stark dekolletierte Kleider, und beide waren nur mit sich selbst beschäftigt. Die weiße Frau betrachtete ihre Nägel, die schwarze zupfte ihr Haar zurecht. Dann hielten sie inne, sprachen miteinander, lachten kurz, darauf betrachtete die schwarze Frau ihre Nägel, während sich die weiße das Haar zurechtzupfte. Georg war einen Moment stehengeblieben und zögerte, bevor er Mut faßte und auf die Frauen zuging, die noch immer keine Reaktion zeigten. Statt dessen begann die weiße Frau nun damit, ihre Lippen zu schminken, die allerdings, das hatte Georg sofort gesehen, schon geschminkt waren. Er hatte auch diese kleine Ungenauigkeit gesehen, eine winzige Spur Lippenstift, die wie ein Riß in der Oberlippe wirkte, der sich nach oben hin verlängerte und Georg an die sündhaftesten Ausschweifungen denken ließ. Anscheinend hatte die Frau die Unregelmäßigkeit inzwischen auch selbst entdeckt. Während sie ihr Make-up korrigierte und ein weiteres Mal Lippenstift auftrug, steckte sich die schwarze Frau eine Zigarette an. Dabei glitzerten ihre Fingernägel, als seien sie voller Diamantstaub. Nachdem sie einen Zug getan hatte, blickte sie zum erstenmal auf Georg, der nun unmittelbar vor dem Empfangstisch stand. Auch die weiße Frau hatte den Lippenstift weggelegt und blickte Georg an. Georg sagte nichts, sondern überlegte, ob er lieber »Hello« oder »Hi« sagen sollte. Zugleich sah er, wie sich die Brüste der beiden Frauen bei jedem Atemzug hoben und senkten und wie ihre kühl schimmernden und beinahe muskulösen Brustansätze hervortraten. Er brauchte einen Moment, um sich von dem Anblick loszureißen, hatte sich inzwischen auch für ein unverkrampftes »Hi« entschieden, doch genau in dem Moment, als er den Mund öffnete, sagte die blonde Frau mit einer unerwartet hohen und fast quietschenden Stimme: »It's closed.« Dann wandte sie sich wieder ihren Schminkutensilien zu, während die schwarze Frau sich ganz auf ihre Zigarette und den aus Nase und Mund ausströmenden Rauch konzentrierte. Mit der weißen Frau war anscheinend nicht zu reden, Georg würde sich an die schwarze halten, die ihn an ein zwar furchteinflößendes, aber immens attraktives drachenartiges und feuerspeiendes Wesen erinnerte, das vor seiner Höhle lagerte und verborgene Schätze bewachte. Dieser Eindruck wurde noch durch das Tiefrot ihrer Mundhöhle verstärkt, das Georg aufgefallen war, als die Frau den Rauch ausblies. Nun sagte Georg »Hi« zu der schwarzen Frau, worauf diese sich umdrehte, über ihre linke Schulter blickte und in den Raum hinter sich ein gedehntes und eher düster klingendes »Tony« hineinrief. Noch ehe sie sich Georg wieder ganz zugewandt hatte, erschien ein jüngerer Mann in schwarzem Anzug und mit militärisch kurzen Haaren hinter dem Tresen, ging auf Georg zu, sagte »It's closed, Sir!« und schob ihn in Richtung Lift, dessen Türen sich auch sofort öffneten. Und noch ehe Georg einen letzten Blick auf die beiden Frauen werfen konnte, schlossen sich die Lifttüren bereits, und Georg rauschte mit knackenden Ohren dem Erdboden entgegen. Als er in der von Touristen bevölkerten Eingangshalle angekommen war, mußte er sich zuerst ein wenig besinnen. Noch immer spürte er den Druck auf den Ohren, und jetzt war ihm auch, als würde er den Duft der beiden Frauen in seinen Kleidern, seinem Haar und an seinen Händen haben. Zwei verschiedene Düfte, um genau zu sein, die er nun sogar auseinanderhalten zu können glaubte. Was hatten die beiden eigentlich bewacht, fragte er sich, das Paradies oder die Hölle? Er jedenfalls durfte ihr Reich nicht betreten, das Paradies war ihm verschlossen, die Hölle ebenso, was ihn, als er von Tony hinausbefördert wurde, nur überrascht hatte, nun aber fühlte er sich gekränkt und schlecht behandelt. Am liebsten wäre er noch einmal hinaufgefahren, um sich zu beschweren, aber da waren erstens sein ungelenkes Englisch und zweitens Tony. Beides sprach gegen eine Beschwerde. Das Haus verlassen wollte er aber aus Trotz und selbsttherapeutischen Gründen auch nicht. Also ging er noch ein wenig im Foyer und im sogenannten Basement umher, wo ihm ein Schild mit der Aufschrift »NBC Studio Tours« auffiel. Er folgte dem Schild, fuhr zwei Rolltreppen hinauf und sah bereits eine Warteschlange, in die er sich einreihte. Hier war er willkommen, das merkte er sofort. Er kaufte eine Eintrittskarte und nahm von einer jungen Frau mit NBC-Kappe einen selbstklebenden Sticker mit dem NBC-Zeichen entgegen, den er sich auf das Revers klebte. Dann wurde er zusammen mit der Gruppe von einem jüngeren Mann empfangen, der wie Tony einen schwarzen Anzug mit weißem Hemd und Krawatte trug, kurzgeschnittenes Haar hatte und sich als David vorstellte. David war der Führer durch die Studios, er sprach ziemlich schnell und hatte einen texanischen Akzent. Oder das, was Georg für einen texanischen Akzent hielt. Zuallererst führte David die Gruppe in einen Lift, der von außen nicht zugänglich war und direkt in die Studioräume führte. Nachdem sie den Lift verlassen hatten, überprüfte er die Sticker, um anschließend zu erklären, daß es sich bei dem Zeichen um ein stilisiertes Pfauenrad handle, außerdem, so David, werde empfohlen, den Sticker auch nach der Studio Tour noch wenigstens einen Monat zu tragen. Danach dürfe man ihn, wenn man unbedingt wolle, entfernen. Das gelte auch für Besucher aus Utah und Arkansas. Diese Bemerkung löste in der Gruppe große Heiterkeit aus, nicht zuletzt bei einer stark blondierten Frau, die zu

David sagte, daß sie Beverly heiße und aus Illinois sei. Und zwar aus Evanston in der Nähe von Chicago. Darauf sagte David, daß er in Evanston einen Onkel habe, worauf ein älterer Mann mit Texashut sagte, daß er einen Bruder habe, der an der Northwestern University in Evanston unterrichte. Darüber freute sich wiederum die ganze Gruppe, und alle traten gut gelaunt den Rundgang an. Das NBC-Studio war insofern eine Enttäuschung, als es überwiegend aus schmalen Fluren mit niedrigen Decken und kleinen Arbeitsräumen bestand, in denen entweder Büroarbeiten oder aber technische Dinge erledigt wurden. Die Besucher durften Sekretärinnen an der Schreibmaschine und Tontechniker am Schneidetisch betrachten, was die meisten von ihnen auch mit großem Interesse taten. Während sie durch die schmalen Flure gingen, berichtete David über die Geschichte der NBC, über erfolgreiche Radioshows und allerlei Serien, die Georg nichts sagten. Seine Lieblingsserie war »Mister Ed« gewesen, die Serie mit dem sprechenden Pferd, aber Mister Ed kam in Davids Erzählungen nicht vor. Ein wenig spannender wurde es, als sie in eines der Talkshowstudios geführt wurden, das allerdings in erbarmungswürdigem Zustand war. Zwischen den Sitzreihen für das Publikum lag allerlei Unrat herum, der Teppichboden des Studios hatte sich zum Teil vom Boden gelöst und warf Wellen, stellenweise fehlten ganze Stücke, und auch der Bühnenbereich machte nicht eben den Eindruck von Glanz und Glamour. Der Sessel für den Talkshowgast war am Boden festgeschraubt. Wenn man hinter ihn trat, konnte man sehen, daß der Polsterbezug nicht ausgereicht hatte und notdürftig auf der Sesselrückseite festgeklammert war. Der Tisch des Moderators, der von weitem wie ein massiver Holztisch wirkte, entpuppte sich bei näherem Hinschauen als eine Art Falttisch aus pappähnlichem Material, der so leicht schien, daß man ihn mit einer Hand hätte hinaustragen können. David schien der Zustand des Studios nicht zu kümmern, er zählte die Namen der berühmten Persönlichkeiten auf, die an diesem Tisch schon gesessen hatten, und die Besucher waren beeindruckt. Georg wäre am liebsten umgekehrt, denn das Talkshowstudio war ganz sicher der Höhepunkt der Führung. Der Höhepunkt aber war der Besuch des Nachrichtenstudios, in dem David zuerst einige Tricks aus der Tontechnik zeigte. Einer der Tricks war eine Kurbel an einem Blecheimer, mit der man eine Polizeisirene imitieren konnte. Ein anderer Trick war eine Holzlatte, die durch ein Scharnier mit einer anderen Holzlatte verbunden war. Wenn man mit der einen Holzlatte auf die andere schlug, hörte sich das wie ein Schuß an. David demonstrierte beides, die Sirene sowie den Schuß, und Georg war anscheinend der einzige, der davon nicht beeindruckt war. Auch im Nachrichtenstudio gab es einige Sitzplätze, auf denen die Besucher Platz nahmen. David kündigte nun ein Quiz an, wollte vorher aber wissen, woher die einzelnen Besucher kamen. Beverly und den Mann mit dem Texashut kannte er bereits, die anderen, allesamt nicht aus New York, sondern zumeist von weit her angereist und viele von ihnen erstmals in der Stadt, stellten sich vor, und auch Georg mußte sich vorstellen. »I am from Berlin«, sagte Georg, worauf David ihn fragte: »North or South?« Das war ein Scherz, auf den Georg allerdings nur unzureichend vorbereitet war. »Southeast« antwortete er, womit er nicht den Südosten Westberlins und auch nicht den Süden Ostberlins meinte, sondern SO 36, das südöstliche Kreuzberg. Um nicht mißverstanden zu werden, präzisierte er seine Antwort und sagte: »Southeast thirty six.« Auf Georgs Antwort war David wiederum unzureichend vorbereitet und fragte ihn nun, wie ihm New York gefalle. Was sollte Georg sagen? Sein momentanes New-York-Bild setzte sich aus der Taxifahrt, dem Frühstücksgespräch mit dem psychisch gestörten Studienkollegen, dem Rausschmiß aus dem Rainbow Room und dem schmuddeligen Talkshowstudio von NBC zusammen. Nun kamen auch noch Davids Fragen hinzu. »It's okay«, sagte Georg, um der Sache ein Ende zu machen. Doch besser hätte er ein »It's just great« oder »It's marvellous, it's wonderful« sagen sollen, denn plötzlich begannen zuerst Beverly und dann auch einige der anderen Besucher mit den Füßen zu scharren und dazu zu pfeifen. Erst hatte Georg gedacht, daß dies bereits zu einem anderen Programmpunkt gehörte, dann aber wurde ihm klar, was vorging: Sie pfiffen ihn aus. Georg saß in einem New Yorker Studio und wurde ausgepfiffen. Daraus würde sicherlich einmal eine gute Anekdote werden, im Moment aber stieg Georg das Blut in den Kopf, und er konnte sich gewissermaßen selbst dabei zusehen, wie sein Kopf eine tiefdunkelrote, schlaganfallnahe Färbung annahm. Zugleich hatte er ein Krampfgefühl, als würde die rote Kopffarbe sich in seinen Blutgefäßen verhärten und querlegen. Wenn es eine Dystonie des Kopfes gab, dann hatte er sie jetzt. Glücklicherweise ging David zum nächsten Programmpunkt über, der darin bestand, daß die Besucher die Titelmusik bestimmter Fernsehserien erraten mußten. Es waren ungefähr zwei Dutzend Titelmelodien, die David anspielte, und jedesmal brüllte die ganze Gruppe schon nach wenigen Takten den Namen der entsprechenden Serie. Einmal hatte Georg »Flipper« erkannt, es zum Glück aber nicht gerufen, denn es hatte sich nicht um »Flipper«

gehandelt, sondern um eine ihm gänzlich unbekannte Serie, die wohl nur in den USA gelaufen war. Als aber die wirkliche »Flipper«-Musik angespielt wurde, hatte Georg schon gar nicht mehr hingehört und an seine weitere Tagesplanung gedacht. Er würde jetzt in den Central Park gehen, dort etwas essen und sich ein wenig ausruhen. Danach hatte er seinen Termin im Plaza. Am liebsten wäre er gleich gegangen, aber die Besucher durften sich nicht ohne Begleitung im Studio bewegen. Er mußte also das offizielle Ende der Besichtigung abwarten und damit auch noch die letzte der Überraschungen, die David für die Besucher bereithielt. Sie bestand in der Simulation einer Wettervorhersage, wozu ein Freiwilliger gesucht wurde. Als erster meldete sich der Mann mit dem Texashut, der von David vor eine Wetterkarte plaziert wurde. Nun mußte der Mann von einem Teleprompter in Nachrichtensprechermanier einen Text ablesen, der den Wetterbericht darstellte. Natürlich handelte es sich nicht um einen authentischen Wetterbericht, sondern um einen harmlosen Scherztext, in dem es Hot Dogs regnete und Schnee auf die Bahamas fiel. Es war eine kindische Angelegenheit, doch der Mann machte seine Sache gut. Er agierte wie ein echter Nachrichtensprecher, ließ sich die Irritation durch den Scherztext nicht anmerken, und auch das Gelächter der Gruppe, die höchst amüsiert war, schien ihn nicht zu beeindrucken. Am Ende erhielt er begeisterten Beifall, verbeugte sich, setzte seinen Texashut wieder auf und machte ein Gesicht wie ein glücklicher und erfolgreicher Mensch, der voller Genugtuung auf sein Lebenswerk blickt. Die Besucher machten ebenfalls Gesichter wie glückliche und erfolgreiche Menschen, nur Georg schaute sauertöpfisch drein, was ihm selbst auch nicht behagte, was aber wohl seine Natur war: die emsländische Natur. Er wäre lieber genauso glücklich und großzügig gewesen, wie es der Mann mit dem Texashut, wie es Beverly und all die anderen ganz offensichtlich in diesem Moment waren. Er hätte lieber nicht gedacht: Was für ein kindischer Haufen diese Amerikaner doch sind. Er hätte viel lieber vor sich und der Welt zugegeben, daß es ein Zeichen von Reife und Lebensklugheit ist, sich naiven Vergnügungen hingeben zu können. Als er das Rockefeller Center verließ, fühlte er sich so erschöpft, daß er sich ein Taxi leistete. Er ließ sich an einem der Eingänge des Central Parks absetzen, wo er die Orientierungstafel studierte und dann beschloß, das Restaurant am See aufzusuchen. Für alle Fälle hatte er seinen Reiseführer dabei, in dem er lesen konnte, daß sich im Central Park Wall Street-Bankiers und Kindermädchen aus Trinidad, Marathonläufer und Gehbehinderte, Obdachlose und

Millionäre, Hobbymaler, Märchenerzähler und verkrachte Opernsänger begegnen. Georg aber sah nur ganz normale Leute und war froh, die Mischung aus dem Reiseführer hätte ihn im Moment überfordert. Das Restaurant am See schien ebenfalls ziemlich normal zu sein, er fand einen Platz auf der Terrasse und wunderte sich nur über eine schwarze venezianische Gondel, die direkt vor ihm an einem Pfahl vertäut war. Er trank eisgekühlten Weißwein, er hatte eine Flasche bestellt, er aß gegrillten Fisch und hatte das Gefühl, nun endlich in New York angekommen zu sein. Nur daß er hier allein saß, betrübte ihn, und hätte er keinen Wein getrunken, der ihm in der Mittagssonne in den Kopf stieg, dann wäre dies der Moment für das Notizbuch und einen Eintrag gewesen. Das Notizbuch aber blieb in der Jackentasche, er verzichtete auf den Eintrag und wollte statt dessen den Augenblick genießen. »Ich genieße den Augenblick«, sagte eine Stimme in seinem Kopf, was ihm allerdings auch nicht behagte. Er wollte das Leben genießen ohne diesen Satz, den eine mechanische Stimme in seinem Kopf sprach, als liefe dort ein Tonband. Die Stimme wurde mit jedem Glas Wein, das er trank, ein wenig leiser. Als er die Flasche geleert hatte, war sie gänzlich verstummt, und er bestellte noch eine Karaffe mit offenem Wein. »Open wine«, sagte er zu dem Kellner, was diesen veranlaßte, ihm die Dessertkarte zu bringen. In der Dessertkarte gab es keinen offenen Wein, also bestellte er noch eine zweite Flasche von dem Wein, den er gerade getrunken hatte. Der Wein war leicht und kühl, auf der geeisten Flasche hatte sich Tauwasser gebildet, Georg benetzte mit dem Tauwasser seine Stirn und die Schläfen, er trank den Wein, er genoß den Augenblick, er hörte die Stimme nicht mehr und blickte auf die Gondel, die ihm plötzlich wie der Nachen Charons erschien, der die Seelen in die Unterwelt bringt. Er saß am Ufer des Styx, er saß am Ufer des Lethestroms, er saß an der Ems oder auch am Tiber, vielleicht war es auch der Canal Grande. Irgendwann weckten ihn Kinderstimmen und das Rücken von Stühlen am Nebentisch. Er mußte eingenickt sein, niemand aß mehr zu Mittag, nun kamen die Mütter mit ihren Kindern. Kindermädchen aus Trinidad sah er nicht. Freundlicherweise hatte der Kellner ihn schlafen lassen, allerdings lag die Rechnung vor ihm auf dem Tisch, was ihn blitzartig in den Wachzustand versetzte. Die Summe auf der Rechnung entsprach ungefähr einem Drittel dessen, was ihm das Sozialamt Kreuzberg als monatliche Lebenshaltungskosten bewilligte. Ginge es nach dem Sozialamt, dann könnte er dreimal im Central Park essen gehen, um dann den Rest des Monats hungern zu müssen. Er zahlte die Rechnung wie ein Hochstapler, der Kellner reagierte gelassen, er reagierte auch gelassen, als Georg ihm das Trinkgeld gab, eine Summe, mit der er in Emsfelde einen kompletten Restaurantbesuch hätte bestreiten können. Georg verließ das Restaurant. Er spürte, daß die Rechnung an seinen Magennerven nagte. Da war sie wieder, seine kleinliche emsländische Natur, er haßte sich für die angenagten Magennerven, die nun ihrerseits an seiner Seele nagten. Beinahe nüchtern und verkatert machte er sich auf den Weg ins Plaza. Das Gehen tat ihm gut, unterwegs trank er an einem Stehtisch einen sogenannten mittelgroßen Kaffee. Der Plastikbecher mußte mindestens einen halben Liter fassen, was ihm allerdings recht war, der Kaffee verdünnte den Alkohol in seinem Blut. Er wollte klar im Kopf sein, wenn er Bergmann gegenübertrat. Bis ins Plaza war es nicht allzuweit, inzwischen hatte sich der Park ein wenig belebt, und er sah tatsächlich Jogger und Rollschuhfahrer, sogar ein farbiges Kindermädchen sah er, und er sah einen allein umherstreifenden Mann um die Vierzig, dicklich, blaß, unrasiert, mit zugleich weinerlichem und lauerndem Blick, der aussah wie der typische weiße angelsächsische Central-Park-Triebtäter. Er sah dem Mann nach, der sich auch sogleich beobachtet fühlte und sich nach Georg umdrehte. Während Georg und der Mann sich anblickten, war Georg weitergegangen und trat nun einem vor ihm gehenden Spaziergänger mit voller Wucht in die Hacken. Georg erschrak, denn bei dem Spaziergänger handelte es sich um einen dunkelhäutigen Riesen im Muskel-T-Shirt und mit tätowierten Oberarmen, der einen silberbeschlagenen Hut auf dem Kopf und ein Radio auf der Schulter trug. Er kannte den Typ aus dem Kino, es war der Typ Ghettohäuptling, der hochempfindlich, sehr leicht kränkbar und nachtragend ist. Und Georg hatte ihm in die Hacken getreten. Doch der schwarze Riese zog weder ein Messer noch eine Pistole, er rammte Georg auch nicht mit einem Faustschlag in den Boden des Central Parks. Statt dessen hörte Georg so etwas wie ein lautes und schmerzgepeinigtes »Autsch!« aus dem Mund des Mannes. Georg sagte: »Sorry, Sir!«, worauf der Mann nichts sagte, sich noch nicht einmal zu Georg umdrehte, sondern humpelnd und leise fluchend davonging. Georg folgte dem Mann, der ebenfalls in Richtung Plaza Hotel ging, eine Zeitlang, achtete aber darauf, genügend Abstand zu halten, falls es sich der Ghettohäuptling doch noch anders überlegen sollte. Irgendwann trennten sich ihre Wege, und Georg kam gerade noch rechtzeitig ins Hotel. Es war drei Minuten vor fünf Uhr nachmittags. Ein uniformierter Portier ließ ihn ohne weiteres in die Halle. An der Rezeption wurde er angemeldet und fuhr mit dem Lift in eines der oberen Stockwerke, wo Bergmann eine Suite bewohnte. Er stand vor Bergmanns Suite und klopfte an die Tür. Während er wartete, sah er, daß sich in einiger Entfernung zwei Männer in schwarzen Anzügen auf dem Korridor aufhielten, die eine gewisse Ähnlichkeit mit Tony aus dem Rainbow Room hatten. Sie beobachteten Georg, und er bat sie im stillen, ihn ruhig zu fragen, ob er einen Termin habe. Leider fragten sie ihn nicht und beobachteten ihn weiterhin. Georg wurde ein wenig nervös, da ihm niemand öffnete. Außerdem spürte er die Blicke der beiden Tonys in seinem Rücken. Er klopfte noch einmal, und wieder rührte sich nichts. Auch die beiden Männer rührten sich nicht und starrten nur in seine Richtung. Erst jetzt entdeckte Georg, daß es einen Klingelknopf gab. Er klingelte, und es dauerte nur wenige Sekunden, bis sich die Tür öffnete und Bruno ihn hereinließ. Bisher hatte Georg feste Vorstellungen davon gehabt, wie ein Hotelzimmer auszusehen hatte. Diese Suite aber warf alle seine Vorstellungen über den Haufen. Er sah kein Bett, er sah keinen Fernseher, er sah keinen Nachtschrank, er sah auch keinen Kleiderschrank. Statt dessen sah er eine Gruppe antiker Polstermöbel, einen ebenfalls antiken Couchtisch, einen antiken Sekretär, riesige Porzellanvasen, einen lebensgroßen Windhund, ebenfalls aus Porzellan, und einen Kamin, über dem ein goldgerahmter und fast bis unter die Decke reichender Spiegel angebracht war. Im Kamin waren sogar Holzscheite gestapelt, aber er brannte nicht, schließlich war Sommer. Außerdem sah Georg einen Kronleuchter unter der Decke und rot-gold gemusterte Stofftapeten, die es normalerweise in Schlössern gab. Bruno bot Georg einen Platz an und sagte, daß Bergmann gleich kommen werde. »Schönes Zimmer«, sagte Georg. Bruno sagte nichts und räusperte sich. Georg schwieg ebenfalls. Er spürte auch diesmal wieder eine gewisse Befangenheit Bruno gegenüber, was nicht zuletzt daran lag, daß Bruno ihn äußerst beiläufig begrüßt hatte. Er hatte ihn begrüßt wie einen Nachbarn, der jeden Tag kurz mal hereinschaut. Daß Georg einen langen Flug hinter sich hatte, den längsten Flug seines Lebens, und daß sie sich nun in New York wiedertrafen, wo sie sich doch das letzte Mal auf den Hebriden gesehen hatten, das merkte man Brunos Begrüßung nicht an. »Ich glaube, er kommt«, sagte Bruno plötzlich und blickte zu einer Tür neben dem Kamin, die in die weiteren Räume der Suite führen mußte, aber es war nicht Bergmann, der erschien, sondern ein jüngerer Mann um die Dreißig in einem blauen Blazer mit Wappen auf der Brusttasche und einer gestreiften Krawatte. Bruno machte Georg mit dem Mann bekannt, der Steven hieß, aus London kam und Bergmanns neuer Sekretär war. Anscheinend hatte Bergmann nun zwei Sekretäre, Bruno und Steven. Wobei Bruno den neuen Sekretär sehr freundlich behandelte, woraus Georg schloß, daß es für ihn, Bruno, kein Problem war. Steven sagte, daß sie enorm viel zu tun hätten und daß Bergmann, seit er in New York sei, keine ruhige Minute habe. Pressetermine, Probentermine, Verhandlungen mit Veranstaltern in Toronto und San Francisco, Verlagsverhandlungen wegen der amerikanischen Übersetzung der Memoiren, die Vorbereitung einer Preisverleihung der amerikanischen Akademie der Künste, wo Bergmann eine Dankrede halten müsse und so weiter. »Herr Zimmer ist wegen der Memoiren da«, sagte Bruno zu Steven, worauf Steven sagte, daß es bereits Vorverträge für Übersetzungen in sechs Ländern gäbe. Nur das Manuskript sei noch nicht fertig. In diesem Moment klingelte es, Bruno öffnete, und herein kam eine junge Frau, die Bruno als Mary vorstellte, eine echte Einwohnerin Manhattans und ehemalige Kompositionsschülerin Bergmanns. Nun arbeitete sie für den Komponisten und besorgte die Reinschriften seiner Partituren. Sie machte also mehr oder weniger das mit den Kompositionen Bergmanns, was Georg mit den Memoiren machte. Sie waren Kollegen, was Georg freute, zumal Mary eine sehr anziehende junge Frau war. Sie hatte nichts von der Schönheit der beiden himmlischen beziehungsweise höllischen Damen vor dem Rainbow Room, die Georg in der Erinnerung gar nicht mehr so schön vorkommen wollten. Nun fand er sie nur hochnäsig und blöd-verrucht, obwohl er, wenn er ehrlich war, vor ihren ein wenig frostig schimmernden und leicht muskulösen Brustansätzen noch immer in die Knie gegangen wäre. Aber Mary war etwas anderes. Sie war der sportliche Typ mit einem Hauch Melancholie um die grünen Augen und kleinen Fältchen um den Mund herum. Sie wirkte mit ihren engen Jeans, den rötlich blonden Haaren und der hellen Bluse wie die Niedlichste aus der Vorortsiedlung, aber wenn sie sprach, schien sie plötzlich die Ironischste und Abgebrühteste vom Washington Square zu sein. Kurz: sie war unwiderstehlich. Leider wollte sie nicht sehr lange bleiben; sie war nur gekommen, um Bergmann einige soeben beendete Reinschriften zu bringen. »Immer noch Pyriphlegethon«? fragte Georg, als Mary die großen Bögen aus einer Mappe nahm und auf den Tisch legte. Er hatte die Frage wider besseres Wissen und nur gestellt, um zu dokumentieren, daß er sich mit Bergmanns Arbeit auskannte; schließlich konnte er sich denken, daß das Stück nicht einen Tag vor der Premiere ins reine geschrieben worden war. Mary zog zwar ein wenig die Augenbrauen hoch, aber war doch so galant, Georg zu sagen, daß »Pyriphlegethon« längst abgeschlossen und Bergmann nun mit einem Stück namens »Elysian Fields« beschäftigt sei. Ebenfalls ein Orchesterstück, und in gewisser Weise die Fortsetzung von »Pyriphlegethon«. Musik nicht über die Qualen, sondern über das Glück. Den elysischen Frieden. Die Erlösung der Seelen. Das Schwierigste, was ein Komponist sich vornehmen könne. In diesem Moment war ein Geräusch hinter der Tür neben dem Kamin zu hören, so daß Bruno ein weiteres Mal sagte: »Er kommt.« Mary hörte auf zu reden, auch Georg sagte nichts mehr, und Steven schien sowieso kein Unterhaltungskünstler zu sein. Alle warteten sie auf Bergmann, der aber nicht kam. Statt dessen betrat eine kleine asiatische Dame den Raum, die sich höflich in alle Richtungen verbeugte und die Suite sofort verließ. »Frau Lin«, sagte Bruno, als sei damit alles erklärt. Auf die Frage Georgs, ob Frau Lin Musikerin sei, erklärte Bruno, daß sie Bergmanns Physiotherapeutin sei, die alle möglichen westlichen und östlichen Verfahren beherrsche und Bergmann vor Jahren schon einmal geholfen habe. Damals habe er unter speziellen Verspannungen gelitten. Es seien nicht die üblichen Schulter- und Nakkenverspannungen gewesen, sondern Verspannungen der Hände und vor allem der Schreibhand. Und diese Verspannungen seien wieder aufgetreten, seit er »Pyriphlegethon« beendet und mit »Elysian Fields« begonnen habe. Die elysischen Felder bekommen Bergmann nicht, dachte Georg. Die Erlösung der Seelen verkrampfe ihn. »Die Verkrampfung«, fuhr Bruno fort, »ist deshalb unangenehm, weil Bergmann den Bleistift nicht mehr richtig halten kann.« Bruno sah Steven an, und Steven sah Mary an, und Georg hatte den Eindruck, als wüßten sie mehr, als sie sagten. Aber was wußten sie? Außerdem hatte Georg bemerkt, daß Steven kurz gelächelt, ja beinahe gegrinst hatte. Das Grinsen war jedoch sofort wieder aus seinem Gesicht verschwunden, weil hinter dem Kamin erneut ein Geräusch zu hören war. Doch bevor Bruno »Er kommt« sagen konnte, öffnete sich die Tür, und Bergmann betrat den Raum. Bergmann hatte sich verändert. Er sah finsterer aus als auf Scarp. Seine Augen, aber auch seine Körperhaltung schienen starrer als bei der ersten Begegnung mit Georg. Sein volles Haar changierte noch ein wenig stärker ins Silberfarbene, und sein spanisch-aristokratisches Profil schien wie von einer Feile nachgeschärft zu sein. Wohl sah er finsterer aus, aber auch bedeutender. Noch bedeutender. Und Georg dachte wieder »Brahms« und auch »Beethoven«, doch er dachte nun auch »Bergmann«, und der Name hallte in seinem Kopf wie der Name eines Mannes, der gelegentlich von den Göttern herabsteigt, um den Sterblichen das Geschenk seiner Kunst zu machen. Bergmann war in der Tat ein wenig abwesend, er schien etwas zu suchen und keinen Blick für seine Gäste zu haben. »Mary und Georg sind da«, sagte Bruno, worauf Bergmann »Wunderbar« sagte, zuerst Mary, dann Georg die Hand gab und zugleich zu Bruno sagte, daß er sein Gilet suche. »Was für ein Gilet?« sagte Bruno. »Das Gilet!« sagte Bergmann darauf etwas ungehaltener. Als Bruno ihn noch immer fragend ansah, sagte er ziemlich laut und beinahe unbeherrscht: »Die dunkle Weste mit der grünlichen Maserung. Herrgott!« In diesem Moment erhob sich Mary, sagte, daß sie nicht länger stören wolle, und verabschiedete sich. Bergmann sagte: »Sie gehen schon?« und ging gleich darauf selbst aus dem Raum, um wieder nach dem Gilet zu suchen. »Wir helfen Ihnen«, sagte Bruno und gab Steven und Georg ein Zeichen, ihm zu folgen. Sie gingen durch die Tür neben dem Kamin, die in einen weiteren salonartigen Raum führte, der wiederum mit dem Schlafraum verbunden war und sowohl als Ankleide- wie auch als Arbeitsraum diente. Auf einem Tisch sah Georg die großen Partiturbögen mit der ihm schon vertrauten Bleistiftschrift Bergmanns. Das mußten die »Elysian Fields« sein, und schon auf den ersten Blick bemerkte Georg, daß hier, zumindest auf dem ganz oben liegenden Blatt, keine Notenballungen vorkamen, keine Blasen aufstiegen, nichts gärte, pulste und kochte. Die Notenzeichen verteilten sich wie leichter Schneefall locker und großräumig über das Blatt. Neben den Partiturbögen lag auch das Typoskript mit den Anmerkungen Georgs. Georg schaute auch hier auf das oberste Blatt, und er bemerkte sofort, daß es noch genauso aussah wie in Schottland. Heute hatten sie daran arbeiten wollen, doch im Moment sah es nicht danach aus, als würde Bergmann an den Anlaß ihrer Verabredung denken. Der hatte inzwischen den Kleiderschrank geöffnet und damit begonnen, alle seine Anzüge, Hosen, Jacketts und Hemden aus dem Schrank herauszunehmen, was Bruno mit starrer Miene beobachtete. Da Bruno nicht bereit zu sein schien, Bergmann beim Ausräumen des Schrankes zu helfen, legte Steven Hand an und stapelte sämtliche Kleidung auf eine Polsterliege. Das Gilet war allerdings nicht unter den ausgeräumten Kleidungsstücken, und nun wurden auch noch die leeren Koffer durchsucht, die Steven eigens aus einer speziellen Kammer holte, auf den Fußboden legte, öffnete, Bergmann hineinschauen ließ, um die Koffer dann wieder in der Kammer zu verstauen. Das Gilet war nirgends zu finden, was Bergmann so sehr erzürnte, daß er anfing, Gott und die Welt und speziell seine sizilianische Hausangestellte zu verfluchen, was wiederum Steven so sehr verängstigte, daß er sich für das Fehlen der Weste entschuldigte, obwohl er doch ebenso wie alle anderen Anwesenden unschuldig daran war. Doch Bergmann gab nicht nach, fluchte und zürnte und bat schließlich Georg, Bergmanns Hausangestellte in San Vito Lo Capo anzurufen, sie müsse schließlich wissen, wo sich das Kleidungsstück befinde. Anscheinend traute er sich nicht, Bruno um den Anruf zu bitten, der noch immer abweisend die Szene beobachtete. Auf seinen Einwand, daß es Bergmann nicht allzuviel nütze, wenn er erfahre, daß das Kleidungsstück in seinem heimischen sizilianischen Kleiderschrank sei, reagierte Bergmann nicht, und so wählte Georg die angegebene Nummer, sagte zu der Haushälterin am anderen Ende der Leitung »Un momento« und gab Bergmann den Hörer. Der ersuchte die Haushälterin in strengem Ton, sich sofort auf die Suche nach dem Gilet zu begeben, was diese anscheinend auch tat, denn Bergmann legte den Hörer auf den Telefontisch und setzte, fluchend und die Welt verwünschend, die eigene Suche fort. Da er auch im Bad und an den verschiedenen Garderobenhaken nichts entdecken konnte, bat er Georg schließlich, ihm aus der Bar einen Whisky einzuschenken, am besten einen irischen. In der Bar fand sich eine ganze Batterie kleiner Whiskyflaschen, es gab kanadischen, amerikanischen, englischen und schottischen Whisky, aber keinen irischen, und schon gar nicht den von Bergmann bevorzugten leichten und milden Tullamore Whisky, den man in Irland an jeder Ecke kaufen kann, so daß Georg einen schottischen Whisky einschenkte, den Bergmann allerdings verschmähte. Er forderte Steven auf, den Zimmerservice anzurufen, um irischen Whisky zu bestellen. Der Assistent nahm den noch immer neben der Gabel liegenden Hörer zur Hand, aus dem die verzweifelte Stimme der sizilianischen Haushälterin ertönte. Er wußte nicht, was er tun sollte. Er lauschte in den Apparat, blickte auf Bruno, dann auf Georg, zuletzt auf Bergmann und sagte schließlich in die Muschel des Hörers: »Un momento per favore.« Dann reichte er Bergmann mit den Worten »San Vito« den Hörer, und dieser fragte erneut nach seiner vermißten Weste, die die Haushälterin aber nirgends hatte finden können, weder im Kleiderschrank Bergmanns noch in der Wäschekammer, so daß Bergmann, noch immer wütend und gereizt, seine Haushälterin damit beauftragte, im Bügelzimmer nachzuschauen, denn irgendwo müsse die Weste ja sein. Auch wenn sowohl Steven als auch Bruno und Georg deutlich spürten, daß Bergmann anscheinend jedes Gefühl für Raum und Zeit verloren hatte, denn schließlich war die Weste ja auch als wiedergefundene Weste weiterhin in seinem sizilianischen Haus und nicht in New York, so wagte niemand, ihn auf dieses Raumzeitproblem hinzuweisen, um sich nicht der Gefahr auszusetzen, nun seinerseits Ziel von Bergmanns Wut zu werden. Nachdem alle für einen Moment schweigend auf das Telefon gestarrt hatten, das Georg nun wie ein kleiner weißer Käfig vorkam, in dessen verschachteltem Inneren die Haushälterin wie eine Maus hin und her eilte, um nach der Weste zu suchen, fragte Bergmann erneut nach dem Whisky und begann sogleich auf den schlampigen Zimmerservice des Hotels zu schimpfen, der noch nicht einmal in der Lage sei, ihm einen ganz gewöhnlichen irischen Whisky zu servieren, so daß er sich frage, wer nur auf die Idee gekommen sei, ihn in diesem Schuppen, wie er sagte, einzuquartieren. Steven wies Bergmann vorsichtig darauf hin, daß er ja mit dem Zimmerservice noch gar nicht gesprochen habe, worauf Bergmann seinerseits nichts mehr sagte, sondern den Hörer nahm, der noch immer mit San Vito lo Capo verbunden auf dem Telefontisch lag, und ohne Zögern hineinrief, man möge drei irische Whisky auf die Suite 2312 bringen. Erst die nun völlig verschreckte Stimme der Haushälterin, die bis in den Raum hinein zu hören war, brachte ihn zur Vernunft und in die raumzeitliche Ordnung des Erdendaseins zurück. Mit den Worten »Über die Weste sprechen wir noch« warf er den Hörer wieder auf den Telefontisch und sagte, es sei am besten, zur Bar zu gehen und dort einen Drink zu nehmen. Und noch ehe jemand zustimmen konnte, verschwand Bergmann schon aus dem Zimmer und machte sich auf den Weg zum Fahrstuhl, und Steven, Bruno und Georg liefen hinterdrein. Erst im Fahrstuhl, der weich und geräuschlos die Stockwerke hinabfuhr, wagte es Bruno, Bergmann darauf aufmerksam zu machen, daß das Telefon noch immer mit Sizilien verbunden sei, worauf alle wieder hinauffuhren und Bergmann den Hörer ans Ohr hielt, um sich zu vergewissern, ob die Hausangestellte noch in der Leitung war. Die Hausangestellte hatte Bergmanns »Über die Weste sprechen wir noch« wörtlich genommen und war tatsächlich am Apparat geblieben, um sich nicht den weiteren Zorn des Komponisten zuzuziehen. Bergmann wünschte der Haushälterin in etwas milderem Ton eine gute Nacht, legte den Hörer auf die Gabel und verließ, von Bruno, Steven und Georg gefolgt, den Raum. Die beiden Tonys, wie Georg die beiden Männer im stillen nannte, lungerten noch immer auf dem Flur herum. »Bodyguards«, sagte Bruno leise zu Bergmann, als dieser ihn auf die beiden Männer aufmerksam gemacht hatte. Bruno wußte anscheinend Bescheid, aber Bergmann nicht, der Bruno denn auch fragte, ob dies ein Hotelservice sei oder ob das Lincoln Center die beiden Männer bezahle. Nun mußte Bruno ein Mißverständnis aufklären, denn die Bodyguards waren nicht für Bergmann bestimmt, sondern für einen bekannten amerikanischen Politiker, der auf der gleichen Etage logierte. Bergmann interessierte sich nun nicht mehr für die beiden Männer, er wollte auch nicht wissen, wer der amerikanische Politiker war. Statt dessen schlug er einige Takte in die Luft und zischte ein wenig dazu. Wahrscheinlich waren es Takte aus den »Elysian Fields«, und Georg bildete sich sogar ein, einen Unterschied zu »Pyriphlegethon« herauszuhören. Auch die anderen lauschten aufmerksam Bergmanns Zischlauten. Offensichtlich waren sie es gewohnt, daß Bergmann sich in ihrer Gegenwart mit seinen Kompositionen beschäftigte. Niemand sagte mehr etwas, weder während der Fahrt im Lift noch während des Weges zur Bar, nur Bergmann gestikulierte und zischte weiter vor sich hin. Erst in der Bar, in der ein Pianist am Flügel saß und beim Eintreten der Gäste gleich ein wenig heftiger in die Tasten griff, hörte Bergmann auf zu zischen und wandte sich dem Whisky zu, den Bruno für ihn und alle anderen bestellt hatte. Bergmann nahm einen Schluck, fragte dann Bruno, warum hier ein Pianist sei, worauf Bruno nichts sagte, sondern die Frage an Steven weiterreichte, der ein wenig nervös reagierte, aber auch nichts anderes zu sagen wußte als ein gestottertes »Wie warum?«. »Wir gehen«, sagte Bergmann darauf und verließ fluchtartig die Bar, so daß auch den anderen nichts übrigblieb, als dem Komponisten zu folgen. Im Lift sagte Bergmann, daß man einzig im Ritz in Barcelona vor Pianisten einigermaßen sicher sei, aber leider habe er nur selten in Barcelona zu tun. »Wir sollten mehr in Barcelona machen«, sagte er zu Steven, der die Bemerkung, wie alles, was Bergmann sagte, vollkommen ernst nahm und ein Gesicht machte, als würde er sogleich alle Hebel in Bewegung setzen, um Bergmann einen Konzerttermin in Barcelona zu verschaffen. Als sie in der Suite angekommen waren, sagte Bergmann zu Georg, daß sie sich nun an die Arbeit machen sollten, obwohl ihnen nicht mehr viel Zeit bleibe, da er eine Abendverabredung habe. Mit dem Intendanten des Chicagoer Symphonieorchesters, dem er die »Elysian Fields« schmackhaft machen wolle. »Der wird staunen«, sagte Bergmann noch, ohne weitere Erläuterung. Dann bat er Georg in den kleineren Salon, wo sie sich gemeinsam vor den Arbeitstisch setzten, um das Typoskript durchzugehen. Wieder saßen sie wie zwei Schulfreunde nebeneinander und Ellenbogen an Ellenbogen vor dem Schreibtisch, und wieder spürte Georg, wie sehr ihn dieses freundschaftliche

Beieinandersitzen rührte. Sie hatten gerade begonnen, sich die ersten von Georgs Korrekturen anzuschauen, als das Telefon klingelte. Bergmann hob ab und begann ein Gespräch in französischer Sprache, von dem Georg nicht viel mehr als ein wiederholtes und erfreut klingendes »Merveilleux! Merveilleux!« Bergmanns verstand. Das Gespräch dauerte ziemlich lange, und Georg blieb nichts anderes übrig, als zu warten. Als Bergmann aufgelegt hatte, erzählte er Georg, daß ihm die französische Regierung eine Auszeichnung verleihen und ihn zum Chevalier des Arts et des Lettres ernennen werde. Zwar sei die Auszeichnung nicht mit einem Geldpreis, wohl aber mit einem Abendessen beim französischen Staatspräsidenten verbunden. »Nerlinger hat die Auszeichnung auch schon«, bemerkte er und fügte schließlich mit dem leicht diabolischen Grinsen, das Georg schon kannte, hinzu: »Ich nehme trotzdem an. Aus Gnade.« Als sie sich wieder dem Typoskript zuwandten, kam Bruno herein und sagte, daß Bergmann in zwanzig Minuten aufbrechen und sich vorher noch umziehen müsse. »Wir machen morgen weiter«, sagte Bergmann darauf zu Georg. Am besten wieder nachmittags um fünf, abends müsse er in die Dick Raymond Show, da könne Georg dann doch gleich mitkommen. Georg sagte nur »Sehr gern«, obwohl er eigentlich einen Freudensprung hätte machen wollen. Er stellte sich bereits vor, wie er nach seiner Rückkehr der rothaarigen Studentin ganz beiläufig von seinem Besuch der Dick Raymond Show erzählen würde. Und natürlich würde er ihr auch erzählen, daß er mit einem guten Bekannten dort gewesen sei, der Gast bei Dick Raymond war. Die rothaarige Studentin würde blaß werden, dessen war er sich sicher. Und Georg würde ihr den Namen des »guten Bekannten« nicht nennen. Der Name tue nichts zur Sache, würde er ihr sagen, worauf die rothaarige Studentin sich wahrscheinlich ein weiteres Mal naserümpfend von ihm abwenden und ihn für einen Angeber und Hochstapler halten würde. Georg aber würde wieder in die Mensa gehen. Doch diesmal wie ein Sieger und nicht wie ein Verlierer. Und wie ein Sieger machte er sich auch auf den Rückweg ins Hotel, der ihn über den Broadway bis zum Washington Square führte, wo er sich noch einige Zeit aufhielt, um dem Treiben auf dem Platz und um den Brunnen herum zuzuschauen. Es war ein warmer Sommerabend, und all die Leute, die laut Auskunft seines Reiseführers im Central Park hätten sein sollen, befanden sich nun auf dem Platz: er sah Kindermädchen aus Trinidad, Hobbymaler, Marathonläufer, Gehbehinderte, Märchenerzähler und verkrachte Opernsänger. Außerdem sah er diverse Hundebesitzer mit ihren Hunden, die sich in einem abgetrennten Areal des Platzes, einem sogenannten »Dog Run«, trafen, wo sie ihre Hunde von der Leine lassen konnten. Doch die meisten Hunde hatten anscheinend gar kein besonderes Interesse daran, von der Leine gelassen zu werden. Während es bei den Menschen auf dem Washington Square ziemlich wild zuging, schließlich gab es auch noch die Drogenhändler, die diversen Straßenmusiker, von Alkohol oder Haschisch benebelte junge Touristen, ging es bei den Hunden auf dem Dog Run äußerst gesittet zu. Viele der Hunde tummelten sich nicht auf dem Sandareal, sondern saßen lieber neben ihrem Herrchen oder Frauchen auf der Bank und sahen dem Treiben der anderen Hunde zu. Gelegentlich schien es sogar, als ob mehr Hunde auf den Bänken saßen als auf dem Areal herumsprangen. Einige der Hundebesitzer versuchten, die Tiere mit guten Worten zu überreden, sich etwas artgemäßer zu benehmen, andere schoben sie mit Gewalt von den Bänken, was diese aber nicht sonderlich beeindruckte, denn bei der nächsten Gelegenheit saßen sie schon wieder oben und blickten auf das tierische Treiben zu ihren Füßen. Echte Metropolenbewohner eben, was in gewisser Weise auch für die Squirrels galt, die die Grünflächen des Platzes bevölkerten und sich unter anderem von Pommes frites ernährten, aber auch Tomatenketchup nicht verschmähten. Nur Nüsse mochten sie nicht. Georg hatte ein Squirrel dabei beobachtet, wie es einige hingeworfene Haselnüsse unberührt ließ, statt dessen aber auf die anmutigste Weise ein Ketchupdöschen zwischen die Vorderpfoten nahm und ausleckte.

Nach einer traumschweren Nacht und noch immer müde frühstückte Georg nicht im Hotel, sondern in einem Coffee Shop in der Nähe des Platzes, ging zurück ins Hotel, schlief glücklicherweise noch einmal ein und erwachte rechtzeitig, um sich ohne Hast auf den Weg ins Plaza zu machen. Er betrat das Hotel mit sicheren Schritten wie ein Stammgast, mit dem Ergebnis, daß ihn der Portier wie einen solchen begrüßte. An der Rezeption ließ er sich anmelden und fuhr dann mit dem Lift zu Bergmanns Suite hinauf. Er klingelte, und diesmal ließ ihn Bergmann persönlich ein. Der Komponist trug so etwas wie einen japanischen Hausanzug und Strohsandalen dazu, anscheinend hatte er geschlafen und war eben erst aufgestanden. Er schien nichts dabei zu empfinden, Georg so zu empfangen, was Georg als ein Zeichen des Vertrauens deutete. Selbst auf Scarp hatte Georg den Komponisten immer nur in korrekter Kleidung gesehen, oft genug war er zum Abendessen sogar mit Krawatte erschienen. Bergmann sagte, daß er geschlafen habe, sich jetzt aber rasch fertigmache. Während Georg wartete, erschien Bruno mit einem Stapel Zeitungen sowie mehreren Blumensträußen. Er begrüßte Georg mit einem amerikanischen »Hi« und wiederum so beiläufig, als habe er ihn heute schon ein Dutzend Mal gesehen, Georg sagte ebenfalls »Hi« und sah Bruno dabei zu, wie dieser die Blumensträuße auf verschiedene Vasen und diese wiederum auf die verschiedenen Räume der Suite verteilte. Dann verschwand Bruno mit der Bemerkung, daß er sich um die Limousine kümmern müsse. Bergmann brauchte nicht allzu lange, er hatte bereits den dunklen Anzug und eine silbrig schimmernde Krawatte für die Dick Raymond Show an. Nun blieben ihnen beinahe zwei Stunden, um zu arbeiten. Georg las die korrekturbedürftigen Stellen und den jeweiligen Korrekturvorschlag vor, Bergmann sagte: »O. K.« oder diktierte Georg eine Korrektur, die dieser in das Typoskript eintrug. Wenn sie so weiterarbeiteten, brauchten sie sich nur noch einmal zu treffen. Georg war zufrieden, und Bergmann schien ebenfalls zufrieden zu sein. Nach etwa einer Stunde allerdings wurde Bergmann unruhig und erhob sich des öfteren von seinem Stuhl, um im Zimmer auf und ab zu gehen. Noch ruderte er nicht, summte und zischte auch noch nicht, aber Georg spürte bereits, daß es nicht mehr lange dauern würde. Sie waren gerade an einer Stelle, wo es um den mythologischen Namen Myrrha ging, den Bergmann mit der Pflanze Myrte verwechselt hatte, als Bergmann erneut aufstand und sagte, daß sein neuer Sekretär Steven in London Musikwissenschaft studiert habe und nun eine Doktorarbeit über ihn schreibe. Um Steven zu helfen, habe er ihm einen Job als Sekretär angeboten. Dann fragte er Georg, was er denn studiere, worauf Georg ihm nicht ohne Verwunderung antwortete, daß er sein Studium bereits abgeschlossen habe und nun an seiner Doktorarbeit schreibe. »Interessant«, bemerkte Bergmann, ohne nach weiteren Einzelheiten zu fragen. War Georg eben noch gerührt gewesen über ihr freundschaftliches Beieinandersitzen, so war er nun schockiert über die Tatsache, daß Bergmann anscheinend alles vergessen hatte, was Georg ihm auf Scarp erzählt hatte. Vergessen die Mnemosyne, vergessen der Lethestrom, vergessen Georgs Doktorarbeit über die Literatur und das Vergessen. Georg war verstimmt über Bergmanns Vergeßlichkeit, andererseits hatte er Verständnis dafür, daß ein Beethoven oder ein Brahms anderes zu tun hatte, als sich mit noch zu schreibenden Doktorarbeiten zu beschäftigen. Außerdem schien Bergmann Georg trotzdem zu schätzen, auch ohne Doktorarbeit. Dies merkte Georg in dem Moment, als Bergmann ein weiteres Mal aufgesprungen war und nun nicht rudernd oder zischend, sondern still vor sich hin brütend im Zimmer auf und ab ging, bis er plötzlich zu Georg sagte: »Ich brauche eine Hymne!« »Für die Memoiren?« fragte Georg, worauf Bergmann sagte, daß er eine Hymne für die »Elysian Fields« brauche. Er habe gerade beschlossen, den vierten Satz des Stückes zu einem Chorsatz zu machen. Einer Art Schlußchor, einer Apotheose auf den Frieden, das Glück, die Erlösung. Wenn auch in zerrissener Zeit. Und darum auch eine Hymne in zerrissener Zeit. Aber eine Hymne. »Völlig unzeitgemäß«, sagte Bergmann, »absolut anachronistisch die ganze Sache«, Scheer und Witte würden sich im Grab umdrehen, wenn sie nicht noch lebten. Leider, so Bergmann, habe er keine passende Hymne zur Hand. »Sie schreiben doch Gedichte«, sagte er, »dann könnten Sie doch auch die Hymne schreiben.« Es müsse natürlich eine schöne Hymne sein, eine überwältigende Hymne, er denke an Hölderlin, weniger an Schiller, aber an einen Hölderlin der Gegenwart. »Ein Hölderlin«, sagte Bergmann, »der wohl durch Schwaben wandert, der aber zugleich ein Penthouse in New York bewohnt. Es muß natürlich kein Penthouse sein, es kann auch eine kleine Wohnung in Greenwich Village sein oder meinetwegen in Dumbo.« Da war es wieder: Dumbo. Auch Bergmann schien es zu kennen, anscheinend hatte die rothaarige Studentin den richtigen Riecher. »New York und Nürtingen«, sagte Bergmann, »damit Sie wissen, was ich meine.« Georg war sich nicht sicher, ob er wußte, was Bergmann meinte, aber er sagte vorsichtshalber erst einmal nichts. Und dann sagte Bergmann noch: »Auf keinen Fall Stuttgart.« Dann schwieg Bergmann, und Georg spürte, wie sein Herz schlug und ihm das Blut in den Kopf stieg. Er hatte einen trockenen Mund, und eigentlich hätte er lieber etwas trinken wollen oder hinausgehen, um frische Luft zu schnappen. Statt dessen sagte er: »Keine Hymne auf Stuttgart«, worauf Bergmann ihn erstaunt anblickte und mit ernster Stimme erwiderte: »Wie kommen Sie darauf?« Dann sagte Bergmann nur noch, daß sie über die Details später sprechen sollten, am besten auf Sizilien. Georg sagte: »Sehr gern«, holte einige Male tief Luft, ihm war, als jage das Blut spiralförmig durch seinen Kopf. Während Georg durch regelmäßiges Atmen versuchte, seinen Kreislauf zu stabilisieren, erschien Bruno mit den Worten, daß die Limousine bereitstehe. Steven sei bereits im Odeon Theatre, wo die Show stattfinde, um sich die Örtlichkeiten anzuschauen. Darauf verließ Bergmann ohne weitere Umstände die Suite, und Georg folgte ihm, während Bruno noch einige Sachen zusammensuchte und beiden nacheilte. In der Halle erwartete sie ein in einen Skianzug gekleideter Mann namens Frederick, der sich als Gästebetreuer der Dick Raymond Show vorstellte und für die Betreuung Bergmanns zuständig war. Bergmann konnte sich nicht verkneifen, den Mann zu fragen, ob er Wintersport treibe, worauf dieser antwortete: »Im Sommer nie.« Es war Sommer, doch Bergmann fragte nicht weiter nach, sondern schaute nun wieder ganz wie der weltberühmte Künstler drein, der nur an seine Kunst dachte. Er blickte zuerst äußerst konzentriert in den New Yorker Himmel, dann blickte er ebenso konzentriert die Fifth Avenue hinunter, um schließlich mit eher gleichgültigem Blick auf die Limousine zu schauen, die direkt vor ihm parkte. Es handelte sich hierbei um eine cremefarbene Stretchlimousine, die mindestens doppelt so lang wie Bergmanns Bentley war und von einem uniformierten Chauffeur gefahren wurde. Bruno durfte also hinten sitzen und hielt Bergmann den Wagenschlag auf. Statt einzusteigen, sagte Bergmann mit Blick auf die Limousine: »Was ist denn das?« Bruno sagte: »Unser Wagen«, worauf Bergmann erwiderte, daß er in so etwas nicht einsteige. »Das ist mir zu ordinär, da fahre ich lieber mit der U-Bahn oder gehe zu Fuß.« Mit diesen Worten setzte Bergmann sich in Bewegung und ging mit durchgestrecktem Rücken und erhobener Stirn die Fifth Avenue in nördlicher

Richtung hinauf, was allerdings die falsche Richtung war. Bruno eilte ihm nach, und Georg beobachtete, wie Bruno auf Bergmann einredete und ihn schließlich dazu bewegen konnte, doch noch in den Wagen einzusteigen. Georg war froh, daß Bergmann einlenkte. Ihm waren in New York schon des öfteren die überdimensionierten Limousinen aufgefallen, und er hatte immer angenommen, daß besonders exzessive und irgendwie haltlose Personen sich ihrer bedienten. Leider konnte man in die Limousinen nicht hineinsehen, weil ihre Scheiben entweder verdunkelt oder aber mit Vorhängen verhängt waren, aber Georg konnte sich auch so ihre luxuriöse Ausstattung vorstellen, die tiefen Teppiche und weichen Fauteuils. Die cremefarbene Limousine erwies sich allerdings als Enttäuschung, da ihr Inneres eher karg möbliert und auch ganz ohne Teppiche war. Statt bequemer Leder- oder Polstersitze war an den beiden Längsseiten des Innenraums jeweils eine kunststoffbezogene Sitzbank angebracht. Man saß sich in der Stretchlimousine wie in der U-Bahn in zwei Reihen gegenüber. Oberhalb der Sitzbänke und in Kopfhöhe der Passagiere waren sogar Halteschlaufen befestigt, was den U-Bahn-Effekt beinahe komplett machte. »Fürchterlich«, sagte Bergmann nur, als er auf einer der Seitenbänke Platz genommen hatte, um dann mit Nachdruck zu schweigen. Georg hätte sich gern mit dem Mann im Skianzug über dessen Arbeit und die Dick Raymond Show unterhalten, sagte aber nichts, um Bergmann nicht zu stören. Es war nicht allzuweit bis zum Odeon Theatre, wo sich bereits ziemlich viele Menschen versammelt hatten, die auf Einlaß warteten. Frederick dirigierte den Wagen in eine Seitenstraße zum Bühneneingang. Bruno und Steven durften mit Bergmann den Bühnenbereich betreten, während Georg von einer jungen Frau in Platzanweiseruniform zum Vordereingang gebracht und dort durch die Menschenmenge gelotst wurde. Georg konnte beobachten, wie mehrere dieser Platzanweiserinnen die Wartenden in kleine Gruppen aufteilten und nach und nach einzelne dieser Gruppen einließen. Der Einlaß einer Gruppe löste jedesmal Freudenschreie bei den Eingelassenen aus, die, sobald der Weg frei war, losstürmten, um sich einen der vorderen Plätze zu sichern. Auch Georg wurde in den vorderen Reihen des Auditoriums plaziert, nahe der Band. Von den Musikern war noch niemand zu sehen, dafür standen aber im Bühnenbereich und neben den Seiteneingängen verschiedene Männer, die ebenso wie Frederick Skianzüge oder gesteppte Jacken trugen und anscheinend für die Sicherheit zuständig waren. Es dauerte noch einige Zeit, bis sich der Raum gefüllt hatte, und langsam begriff Georg, warum die Männer

Winterkleidung trugen. Es lag an den niedrigen Temperaturen im Odeon Theatre. Es war so kalt im Saal, daß Georg um seine Gesundheit fürchtete, und gleiches taten anscheinend auch die Angestellten der Show. Nur die Besucher schienen sich an der Temperatur nicht zu stören, die meisten waren sommerlich gekleidet, einige sogar in kurzen Hosen gekommen. Auch nachdem die Bühnenscheinwerfer aufgeflammt waren, die Band ihre Begrüßungsmusik gespielt und ein sogenannter Aufwärmer das Publikum begrüßt und in den Ablauf der Show, die ja eigentlich eine Fernsehaufzeichnung war, eingeführt hatte, blieb es genauso frostig wie zu Beginn. Die Kälte war anscheinend genau die richtige Temperatur für den Showmaster, der vom Publikum frenetisch begrüßt wurde: ein hagerer und energisch wirkender Mann im dunklen Anzug und mit strahlendweißem Hemd, das Georg an die weißen gestärkten Hemden erinnerte, die sein Vater getragen hatte. Dick Raymond begann die Show mit einem komischen Monolog, der das Publikum in Verzükkung versetzte, von dem Georg aber fast nichts verstand. Speziell die Sportwitze aus dem Bereich Baseball und Football waren gänzlich unverständlich für einen Nichtamerikaner, aber auch die Scherze über die Politik waren eher etwas für Eingeweihte. Eine Bemerkung bezog sich auf die Haare des New Yorker Bürgermeisters. Doch wer nicht weiß, wie der New Yorker Bürgermeister aussieht, kann auch über dessen Haare nicht lachen. Das Publikum aber tobte, und noch ehe der Eingangsmonolog beendet war, sah Georg nur strahlende Gesichter im Saal. Ihm selbst war immer noch kalt, Dick Raymond aber schien es warm geworden zu sein. Denn zu Beginn der ersten Pause, die eine Werbepause war, man konnte sich die Spots auf verschiedenen Monitoren ansehen, zog er sich das Jackett aus, warf es über einen Stuhl und besprach sich mit einem seiner Mitarbeiter. Wohl war ihm warm geworden, aber er schwitzte nicht, weder auf der Stirn noch unter den Armen, das konnte Georg deutlich sehen. Und er konnte auch sehen, daß der Showmaster in dem Moment, als er das Jackett abgeworfen hatte, einen anderen Gesichtsausdruck und auch eine andere Körperhaltung annahm. Er sah nicht mehr freundlich, schon gar nicht mehr komisch aus, sondern wie ein Manager, der gerade damit beschäftigt ist, Personalfragen zu klären. Sein Körper hatte nicht mehr diese eigentümliche Spannung, die sich in den Raum und in die Kamera hineinzudehnen schien. Nun wirkte er wie der Vorstandsvorsitzende eines Industriekonzerns während der Kaffeepause. Auf dem Monitor sah Georg den letzten Werbespot und den Trailer für die Show. In dem Moment, als der Trailer begann, zog sich Dick Raymond das Jackett über, legte seinen heiteren Gesichtsausdruck auf, setzte auf die Sekunde genau ein und kündigte die Gäste an. Zuerst sollte ein Fernsehseriendarsteller kommen, dann ein weibliches Fotomodell und schließlich Bergmann. Georg war enttäuscht. Er hatte sich auf Berühmtheiten gefreut, auf Woody Allen, Madonna, Arnold Schwarzenegger oder auch Paul McCartney. Und nun dies. Der Seriendarsteller, der vom Publikum ebenso frenetisch begrüßt wurde wie Dick Raymond zuvor, spielte in einer neuen Staffel von Lassiefilmen. The New Lassie nannte sich die Staffel, und das, was der Schauspieler zu erzählen hatte, war die Tatsache, daß auch die neue Lassie nicht ein einziger Hund war, sondern mehrere. Das konnte sich Georg denken, das war auch bei der alten Lassie-Serie der Fall gewesen, und die hatte ihn auch früher schon nie wirklich berührt. Seine Lieblingsserie war Mister Ed gewesen. Wenn Mister Ed nicht nur ein einziges, sondern mehrere Pferde gewesen wäre, das hätte ihn wirklich getroffen. Doch war dies bei Mister Ed nicht notwendig gewesen. Daß Lassie mehrere Hunde war, hatte den Grund, daß jeder dieser Hunde ein paar Tricks beherrschte, der superintelligente Fernsehhund Lassie aber Dutzende von Tricks. Zu viele für einen einzigen Collie. Außerdem hatte der Fernsehhund Lassie auch verschiedene

Charaktereigenschaften, mal sanft und zurückhaltend, mal energisch und angriffslustig, mal albern und mal melancholisch, welche ebenfalls zuviel für einen einzigen Collie waren. Zudem war der Fernsehhund weiblich, doch um bestimmte Charaktereigenschaften darzustellen, nahm man für einzelne Szenen auch männliche Hunde. Natürlich durfte hierbei das Geschlechtsteil nicht zu sehen sein. Aber wann war schon das Geschlechtsteil eines Collie zu sehen? Mister Ed konnte keine Tricks. Mister Ed konnte nichts. Nur sprechen. Das war kein Trick, sondern eine schiere Unmöglichkeit. Daß Pferde nicht sprechen können, hatte Georg auch schon als Kind gewußt. Trotzdem hatte ihn Mister Ed fasziniert, der ja auch nicht wirklich sprach, der aber beständig irgendwelche Bewegungen mit der Ober- und der Unterlippe machte und dabei die Zähne freilegte. Diese Bewegungen nutzte der Synchronsprecher, um dem Pferd eine Stimme zu geben. Wenn Georg jetzt darüber nachdachte, dann fragte er sich, ob diese Lippenbewegungen vielleicht eine psychische Störung des Pferdes waren. War Mister Ed nervös? Hatte er eine Zwangskrankheit? Oder hatte er nur etwas zwischen den Zähnen, das man ihm absichtlich nicht entfernte, damit er diese Bewegungen machte? Nach einer weiteren Werbepause kam das Modell auf die Bühne. Das Modell konnte mehreres:

es war Fotomodell, Mannequin und Rekordtaucherin. Es war imstande, mehrere Minuten unter Wasser zu bleiben, und hatte auch schon dementsprechende Wettbewerbe gewonnen. Nun sollte es einen neuen Rekordversuch wagen, wozu man eigens ein gläsernes und mit Wasser gefülltes Bassin auf die Bühne schob. Der Aufbau schien nicht ganz reibungslos zu klappen, so daß Dick Raymond nervös wurde und weitere Techniker auf die Bühne rief, um das Bassin, das wie ein überdimensionales Laborglas aussah, ordnungsgemäß plazieren zu lassen. Das Modell legte seinen Bademantel ab, darunter trug es einen roten Badeanzug mit einem Bleigürtel, und stieg in das Bassin. Begleitet wurde es von einem jüngeren und langhaarigen Mann, der als ihr Tauchlehrer vorgestellt wurde, die entsprechende Ausrüstung einschließlich Maske und Sauerstofflasche angelegt hatte und der ihr zur Seite stehen sollte. Nachdem das Modell gemeinsam mit dem Tauchlehrer untergetaucht war, kündigte Raymond seinen letzten Gast an. Anscheinend wollte er Zeit sparen und die Zeit nutzen, die das Modell unter Wasser war. Als Bergmann die Bühne betrat, war der Beifall nicht so frenetisch wie bei dem Seriendarsteller, aber immerhin freundlich. Bergmann dagegen schien gar nicht freundlich. Er bewegte sich sehr langsam und wirkte noch starrer und denkmalhafter als sonst.

Sein silbermeliertes Haar schimmerte im Scheinwerferlicht, die olivfarbene Gesichtshaut und das strenge Profil machten Eindruck. Der elegante Schnitt seines Abendanzugs verstärkte den Eindruck noch. Als er so auf der Bühne erschien, einen Moment zögerte und dann gemessenen Schrittes auf Raymonds Schreibtisch zuging, hinter dem dieser sich erhoben hatte, um Bergmann die Hand zu reichen, wirkte er wie eine Erscheinung aus dem Musiklexikon. Wie ein unter die Menschen geratener überlanger Eintrag im *Grove* oder in der *MGG*. Bergmann hatte eine Aura, das war deutlich zu spüren, Georg spürte es sogar überdeutlich, doch es schien nicht so, daß es auch Dick Raymond spürte. Der gab Bergmann die Hand, ließ ihn Platz nehmen und fragte ihn ohne Umstände, ob er auch glaube, daß das Modell heute einen neuen Rekord tauchen werde. Bergmann antwortete nicht auf die Frage, sondern drehte sich nach dem Bassin um und tat so, als würde er nicht begreifen, was überhaupt vor sich ging. Dann sagte er, daß er für Musik zuständig sei und daß ihn alles andere nichts angehe, worauf Dick Raymond zum Publikum gewandt sagte, daß Bergmanns neues Werk am nächsten Tag im Lincoln Center seine Welturaufführung erlebe und er allen empfehle, das Konzert zu besuchen. »Es ist ausverkauft«, sagte Bergmann knapp. »Ausverkauft!« rief

Dick Raymond nun marktschreierisch und beinahe ein wenig hysterisch in Richtung Publikum, »das neue Stück ist schon ausverkauft!« Dann schwieg er einen kurzen Moment, es war der erste Moment des Abends, an dem Dick Raymond anscheinend eine Zehntelsekunde lang nicht wußte, was er sagen sollte. Die Zehntelsekunde war schnell vorüber, und Dick Raymond fragte Bergmann: »Wie war noch mal der Titel des Stücks?« Bergmann antwortete wiederum knapp und eher unwillig: »Pyriphlegethon für großes Orchester.« In diesem Moment ertönte ein lautes Signal, welches ankündigte, daß das Modell soeben seinen alten Rekord eingestellt hatte. Nun kam es auf jede Sekunde an, und Dick Raymond verließ den Platz hinter dem Schreibtisch und stellte sich neben das Bassin, um den Vorgang aus der Nähe zu betrachten. Das Modell hielt noch immer aus, die Situation wirkte nun insofern um einiges dramatischer, als die junge Frau die Hand des Tauchlehrers ergriffen hatte und neben dem Mann händchenhaltend auf dem Grund des Bassins hockte. Das Publikum war gerührt, noch nie hatte es solch ein händchenhaltendes Paar gesehen. Raymond zählte die Sekunden, die auf einer Uhr angezeigt waren, laut mit, und es sah ganz so aus, als würde es das Modell auf eine weitere halbe Minute bringen. Das Publikum zitterte mit dem Modell, es wünschte ihm seinen Erfolg. Nur Bergmann machte sich nicht einmal die Mühe, den Kopf zu wenden und dem Geschehen zuzusehen. Statt dessen blickte er reglos vor sich hin und litt. Daß Bergmann litt, bemerkte außer Georg wahrscheinlich niemand. Bergmann hatte bereits in der Stretchlimousine gelitten, nun litt er in der Dick Raymond Show. Sein Leiden dauerte glücklicherweise nicht mehr allzu lange. Ein weiterer Signalton ertönte, die junge Frau hatte ihren alten Rekord um 34 Sekunden verbessert, sie löste den Gürtel und tauchte auf. Riesenapplaus, ein glücklicher Raymond, das Modell schnappte nach Luft, ein Helfer reichte ihr einen Bademantel, sie verbeugte sich, Raymond gratulierte ihr, sie verschwand von der Bühne. Der Tauchlehrer ließ sich mehr Zeit. Er vergaß auch nicht, den Bleigürtel des Modells an sich zu nehmen, bevor er ebenfalls auftauchte. Die Band hatte inzwischen mit ihrer Schlußmusik begonnen, Raymond sagte: »Good night, folks!«, auf dem Monitor war schon der Schlußtrailer zu sehen, die Saaltüren öffneten sich, und mehrere Techniker und Bühnenarbeiter erschienen auf der Bühne. Einer von ihnen entfernte Bergmann das Mikrophon vom Revers, was Bergmann reglos über sich ergehen ließ. Dann schloß sich der Vorhang vor der Bühne, die Band hörte zu spielen auf, und Georg verließ den Saal. Er wartete nicht am Bühnenausgang, er wollte Bergmann jetzt nicht begegnen, der wahrscheinlich übler Laune war. Er fuhr mit der U-Bahn ins Hotel zurück und schlief mit den Gedanken an die bevorstehende Uraufführung ein. Am nächsten Tag fuhr er hinunter an die Südspitze Manhattans, setzte sich einige Zeit in den Battery Park, beobachtete die Touristen, die die Fähre zur Freiheitsstatue und zu Ellis Island nahmen. Es waren sehr viele Touristen, vor dem Kassenhäuschen bildeten sich lange Schlangen, so daß Georg, der gern die Freiheitsstatue und Ellis Island besucht hätte, die Fähre nach Staten Island nahm. Man brauchte nicht lange zu warten, und die Überfahrt war zudem kostenlos. Auf der Fähre waren wenige Touristen und viele Pendler. Die Touristen hielten sich an der Reling auf, um die Skyline Manhattans zu betrachten, die Pendler verschwanden sofort im Inneren der Fähre, um Zeitung zu lesen oder einfach nur dazusitzen. In Staten Island ging Georg an Land, schaute sich ratlos um und hörte plötzlich die Tonbandstimme in seinem Kopf. »Ich bin auf Staten Island gewesen«, sagte die Stimme. Er mochte die Stimme nicht. Die Stimme kam aus der Zukunft. Sie beraubte ihn der Gegenwart. Er aber wollte die Gegenwart festhalten, auch wenn sie trist, auch wenn sie deprimierend war. Die Gegenwart, die er gerade erlebte, das war eine verfallene Lagerhalle, und das waren mehrere beinahe schrottreife Lastwagen, die auf einem Schotterplatz gleich neben dem Fährhafen parkten. Er ging eine Anhöhe hinauf, auf der Wohnhäuser aus Holz standen. Die meisten von ihnen schienen unbewohnt. Ihm gefielen die amerikanischen Holzhäuser, er kannte sie aus dem Fernsehen. Es roch in ihnen nach frischem Kaffee, und sie wurden von gutgelaunten jungen Müttern und freundlichen praktischen Vätern bewohnt. Lassie war hier zu Hause, und Mister Ed schaute zum Küchenfenster herein und wurde mit einer Karotte beschenkt. Auch die Holzhäuser, die Georg auf Staten Island sah, erinnerten ihn an das Glück aus dem Fernsehen. Doch ganz offensichtlich gab es dieses Glück hier nicht. Er sah eingeschlagene Scheiben, einen Stuhl ohne Sitzfläche, der im Vorgarten lag, einen fadenscheinigen wehenden Vorhang, der sich im Holzrahmen eines halbgeöffneten Fensters verklemmt hatte. Er ging die Anhöhe weiter hinauf, wo keine Holzhäuser mehr standen, sondern Mietskasernen. Sie sahen nicht nach gutgelaunten jungen Müttern und freundlichen Vätern aus. Die einzigen Menschen, die er zu Gesicht bekam, waren farbige Jugendliche, die sich an einem parkenden Auto zu schaffen machten. Georg konnte nicht sehen, ob sie das Auto reparierten, ob sie es demolierten oder gerade dabei waren, es aufzubrechen oder zu stehlen. Er ging weiter, den Jugendlichen entgegen, ihm war beklommen zumute, aber er wollte sich nicht fürchten. Nur Touristen sahen in jedem farbigen Jugendlichen einen Verbrecher. Er war kein Tourist, er war auf Geschäftsreise, er war ein Geschäftsreisender in künstlerischen Dingen, und er wollte sich benehmen wie jemand, der es gewohnt ist, durch Straßen wie diese zu gehen. Außerdem war er dem Ghettohäuptling in die Hacken getreten, ohne daß ihm etwas passiert war. Was sollte ihm also hier passieren, und noch während er beruhigend auf sich einredete, beobachtete er, wie einer der Jugendlichen vom Auto abließ und ihm entgegensah. Georg ging weiter, doch unterdessen ließen auch die anderen von dem Auto ab, und mit jedem Schritt, den Georg machte, sah er den Blick eines weiteren Jugendlichen auf sich gerichtet, so daß ihn bald die ganze Gruppe beobachtete. Sie interessierten sich nicht mehr für das Auto, sie interessierten sich nur noch für Georg. Und nicht nur das. Sie hatten Position bezogen. Sie standen in einer geschlossenen Reihe nebeneinander und starrten ihm entgegen. Georg trat der Schweiß auf die Stirn, er verlangsamte seine Schritte, er wußte nicht, was er tun sollte. Er fühlte sich an seiner Ehre gepackt. Sollte er kneifen, sollte er kapitulieren, nur weil ein paar Jugendliche auf dem Bürgersteig standen und ihm entgegensahen? Er wollte mutig sein, er wollte nicht kapitulieren, er würde sich dafür schämen, und noch ehe er den Vorsatz standzuhalten ganz vor sich selber ausgesprochen hatte, machte er auch schon kehrt und rannte so schnell er nur konnte zum Fährhafen zurück. Erst als er auf sicherem Terrain angekommen war, wagte Georg es, sich umzudrehen. Niemand war ihm gefolgt. Anscheinend hatte er sich getäuscht, die Jungen waren harmlos gewesen. Er hatte kapituliert, er war ein Feigling, er schämte sich seiner Feigheit und machte sich die schlimmsten Vorwürfe. Gut, daß ihn niemand beobachtet hatte. »Nie wieder Staten Island«, sagte er sich, als er auf der Fähre stand und einen letzten Blick auf den Fährhafen warf. Für die sich nähernde Skyline Manhattans hatte er kein Interesse. Er war deprimiert und blätterte in einem liegengelassenen Exemplar der *New York Times*. Er schlug die Kulturseiten auf und sah ein Porträtfoto Bergmanns und daneben die Ankündigung der abendlichen Uraufführung. Als Georg sich am frühen Abend und nach einer Ruhepause im Hotel auf den Weg ins Plaza machte, um von dort aus mit Bergmann, Bruno und Steven ins Lincoln Center zu fahren, haderte er noch immer mit sich wegen seiner Feigheit auf Staten Island. War Bergmann jemals feige gewesen? War Bergmann jemals vor irgend etwas davongerannt? Bergmann lief nicht davon. Bergmann war eher der Typ, der erstarrte, wenn er sich bedroht fühlte. Oder aber jähzornig wurde und damit den Feind überraschte. Hatte Bergmann überhaupt Feinde? Zumindest einen schien er zu haben, denn als Georg in Bergmanns Suite angekommen war, fand er einen hoch erregten und wütenden Bergmann vor. Der Anlaß für Bergmanns Verärgerung war Nerlinger, der sich in *Le Monde* über Bergmann geäußert und auf die Frage, was er von der Absicht halte, Bergmann zum Chevalier des Arts et des Lettres zu ernennen, ohne Umstände geantwortet hatte: »Bergmann ist ein Genie.« Anscheinend hatte Nerlinger den Bericht der *Shetland Post* zu Gesicht bekommen und nun dementsprechend reagiert. Bergmann war außer sich. Er war bereits für die Uraufführung gekleidet, in schwarzem Abendanzug und Lackschuhen, und er erregte sich so, daß Bruno ihm die Fliege lösen und den obersten Hemdknopf öffnen mußte. Bergmann überlegte allen Ernstes, ob er einen Leserbrief an die *Shetland Post* schreiben sollte. Oder besser noch an die Direktion des Edinburgher Festivals. Oder an den schottischen Kulturminister. Hatten die Schotten überhaupt einen Kulturminister? Bruno wußte es nicht, Steven wußte es auch nicht. Bergmann sagte, daß die Schotten wahrscheinlich keinen Kulturminister, dafür aber zwei Landwirtschaftsminister hätten, worauf Bruno sagte, daß es das beste sei, die ganze Sache zu ignorieren, und zugleich Bergmann darum bat, ihm den Hemdknopf wieder schließen und die Fliege neu binden zu dürfen. Während Bruno Bergmanns Kleidung richtete, sagte dieser noch, daß er erstens unbedingt einen Whisky brauche und zweitens Nerlinger am liebsten verklagen würde. »Wegen übler Nachahmung«, sagte Bergmann, worauf Steven ihm einen Whisky einschenkte, auf Bergmanns Witz aber nicht reagierte. Nachdem Bergmann von dem Whisky getrunken hatte, schien er seinen Humor gänzlich wiedergefunden zu haben, so daß die Fahrt ins Lincoln Center denn auch einigermaßen entspannt verlief, zumal sie nicht mit einer Stretchlimousine fuhren, sondern mit einem schwarzen Lincoln, den der Veranstalter geschickt hatte. Bergmann war fast ein wenig euphorisch wegen der bevorstehenden Uraufführung, und auch Steven war gesprächiger als sonst und verwickelte Bergmann in ein Gespräch über die Verwendung einer plagalen Schlußbildung in einer frühen Komposition Bergmanns. Georg hatte von plagalen Schlußbildungen noch nie etwas gehört, Steven und auch Bergmann schienen diese aber völlig geläufig zu sein, was Georgs Respekt speziell vor Steven steigerte, der ihm bisher eher den Eindruck eines verschüchterten Kammerdieners als den eines fachkundigen Musikwissenschaftlers gemacht hatte. Nun aber schien Steven wie verwandelt. Es sah fast so aus, als ob er erstmals die Gelegenheit hatte, mit Bergmann über dessen und damit auch über die eigene Arbeit zu reden. Stevens Glück währte allerdings nicht lange. Als die Limousine auf den Platz vor dem Lincoln Center einbog, beendete Bergmann das Gespräch mit einem deutlich betonten »Amen«, was Steven einverständig lächeln ließ. Anscheinend hatte es sich bei diesem »Amen« um eine plagale Schlußbildung und damit um einen Scherz unter Kennern gehandelt. Die Limousine hielt vor dem Künstlereingang, und hier wurde wie am Abend zuvor verfahren: Steven und Bruno betraten mit Bergmann den Künstlereingang, während Georg, der von Bruno eine Eintrittskarte erhalten hatte, den Publikumseingang aufsuchte. Das Foyer war gefüllt mit Besuchern, einige von ihnen hielten Zettel hoch mit der Aufschrift »Ticket gesucht«. Andere warteten vor der Kasse auf nicht abgeholte oder zurückgegebene Tickets. Bergmann hatte recht gehabt, das Konzert war ausverkauft, wovon Georg sich auch im Saal überzeugen konnte. Er hatte einen Platz im Parkett, nicht ganz vorn und auf der linken Seite. Auch Steven und Bruno hatten in seiner Nähe bereits Platz genommen. Anscheinend war dies die Ecke, wo Bergmanns Mitarbeiter und Freunde saßen. Georg kannte niemand von ihnen, nur ein älteres Ehepaar kam ihm bekannt vor, aber er wußte nicht, wo er die beiden schon einmal gesehen hatte. Leider war Mary nirgends zu entdecken, was Georg enttäuschte, er hatte sich darauf gefreut, sie wiederzusehen. Er hatte sich, um die Wahrheit zu sagen, mehr auf Marys grüne Augen als auf Bergmanns Musik gefreut. Inzwischen hatten auch die Musiker Platz genommen, und das Saallicht wurde ein wenig dunkler, so daß das Gemurmel im Saal verstummte. Nun mußte der Dirigent kommen, doch der Dirigent kam nicht. Für einen quälend langen Augenblick geschah überhaupt nichts. Dann erschien statt des Dirigenten in der untersten Saaltür Bergmann gemeinsam mit Mary, und beide gingen so locker miteinander plaudernd zu ihren Plätzen, als seien sie zwei Spaziergänger. Während sie sich setzten, begannen die Zuschauer zu applaudieren, so daß Bergmann sich noch einmal erhob und verbeugte. Nachdem er wieder Platz genommen hatte, erschien auch der Dirigent, Sir John Fields, ein Amerikaner mit englischem Adelstitel, was ungewöhnlich war und darauf schließen ließ, daß er auch einen englischen Paß hatte. Sir John wurde vom New Yorker Publikum enthusiastisch begrüßt. Auch Georg hatte applaudiert. Aber er hatte weniger dem Dirigenten und Bergmann, er hatte vor allem Mary applaudiert, die nun nicht mehr wie ein Collegegirl aussah, keine Bluse und keine Jeans trug, sondern wie eine elegante junge Frau aus den besten Kreisen Manhattans. Sie trug ein schwarzes, dicht auf der Haut liegendes Kleid mit sehr schmalen Trägern, sie hatte ihr Haar hochgesteckt, und Georg konnte die Anatomie ihrer Schultern, ihres Nackens und ihres Halses bewundern, während der Dirigent den Taktstock hob und das Orchester zu spielen begann. »Pyriphlegethon« erklang, und es hörte sich anders an, als Georg es sich vorgestellt hatte. Zumindest am Anfang. Er hörte leise Streicher, er hörte ein Schaben und Kratzen, dann ein trockenes Schlagzeug, dann wieder dieses Schaben und Kratzen, das langsam lauter wurde und sich allmählich verwandelte in eine Form von Streicherklang, der ihm bekannt war. Doch sobald er diesen ihm bekannten Streicherklang gehört hatte, verschwand er schon wieder und verwandelte sich in ein schmerzhaftes, ziehendes und metallisches Geräusch, das nun von Klängen unterbrochen wurde, die sich wie Pistolenschüsse oder Peitschenschläge anhörten. Die Peitschenschläge waren kurz und ohne jeglichen Nachklang und wurden sogleich wieder von den zerrenden, ziehenden Streichern abgelöst. Doch nun zerrten die Streicher einen Flötenton hinter sich her, einen wimmernden, erschöpften und irgendwie ausgelaugten Flötenton, der wiederum vom mehr gehauchten als geblasenen Ton erst einer und dann mehrerer Trompeten gefolgt wurde. Das mußten die äußersten Ränder der Unterwelt sein, die Niederungen des Feuerstroms, seine Auen gewissermaßen. Doch Georg war sich nicht sicher. Vielleicht war es auch etwas gänzlich anderes, höchstwahrscheinlich war es etwas anderes. Georg machte den Fehler, sich beim Hören von Musik etwas vorzustellen. Wenn er sich nichts vorstellen konnte, dann konnte er auch keine Musik hören. Zumindest keine klassische und schon gar keine moderne Musik. Georg hatte sich früher, als er noch zur Schule gegangen war, beim Hören von klassischer Musik immer etwas vorgestellt. Bei Bach hatte er sich beispielsweise die harten Kirchenbänke der Kirche von Emsfelde oder das schlechte Wetter vorgestellt, mit dem der liebe Gott das Emsland für seine Sünden bestraft hatte. Es waren Sünden, die das Emsland niemals begangen haben konnte. Bei Bach hatte er sich auch vorgestellt, wie er als Kind der Mutter Geld aus dem Portemonnaie gestohlen hatte und dafür unendliche Gewissensqualen erleiden mußte. Der Mutter war der Diebstahl nicht einmal aufgefallen. Georg aber hatte gelitten, und er erinnerte sich an sein Leiden, wenn er die Musik Bachs hörte. Bei Beethoven dagegen hatte er sich meistens auf einem Pferd sitzen und über die Felder und

Landstraßen reiten sehen. Ihm lag nicht allzuviel an Pferden; und Beethoven mochte er auch nicht besonders. Er mochte lieber Chopin, besonders in den letzten beiden Jahren vor seiner Abiturprüfung hatte er immer wieder Chopin gehört. Wenn er Chopin hörte, wußte er, daß er durch die Abiturprüfung fallen würde. Das hatte ihn merkwürdigerweise nicht deprimiert, sondern getröstet. Ohne Chopin war er wegen seiner schulischen Leistungen deprimiert gewesen. Mit Chopin hatte er sich wegen derselben schlechten Leistungen getröstet gefühlt. Doch je älter er wurde, desto weniger konnte er sich beim Hören von Musik noch etwas vorstellen. Das war wahrscheinlich eine Frage der Bildung. Ein gebildeter Mensch stellte sich weder bei klassischer noch bei moderner Musik etwas vor. Ein gebildeter Mensch gab sich der Musik als solcher hin, war diese doch, wie er schon im ersten Semester gelernt hatte, ein Kunstausdruck sui generis. Georg konnte sich nach zehn Semestern Universität beim Hören von Musik nichts mehr vorstellen; der Musik als solcher aber konnte er sich auch nicht hingeben. Wenn er ins Konzert ging, was er regelmäßig tat, weil alle anderen es auch taten, dann wußte er oft nicht, was er hörte, wenn er etwas hörte. Natürlich wußte er, daß es Töne waren, die er da hörte, Töne, die von verschiedenen Instrumenten hervorgebracht wurden. Aber er wußte nicht, was ihm diese Töne sagten. Was sagte ihm eine Mozart-Symphonie oder ein Beethoven-Streichquartett? Was sagten ihm Mahler, Bartók oder gar Bergmann? Er wußte es nicht. Und er fragte sich oft, wenn er in einem Konzertsaal saß, was die Musik, die gerade aufgeführt wurde, den anderen sagte. Hörten sie alle, die dort mit ihm saßen, die Musik als einen Kunstausdruck sui generis? Die meisten sahen ganz danach aus. Sie sahen aus wie kulturelle Menschen, die der Musik als solcher zuhörten. Er wäre auch gern einer dieser kulturellen Menschen gewesen. Aber wenn er ehrlich war, dann mußte er zugeben, daß er den kulturellen Menschen bloß spielte. Vor allem im Konzertsaal. Wenn der Dirigent den Taktstock erhoben hatte und die ersten Töne erklungen waren, tat er immer so, als konzentrierte er sich und lauschte nichts anderem als der Musik. Was nicht einfach war, denn er hatte die Erfahrung gemacht, daß ihn sowohl im Konzertsaal als auch in der Oper genau in dem Moment, in dem die ersten Klänge vom Podium oder aus dem Orchestergraben ertönten, eine geradezu existentielle Müdigkeit überfiel. Er wurde so müde, wie ein Mensch nur müde sein kann, und einzig der zivilisatorische und kulturelle Druck, dem man als Konzert- und Opernbesucher ausgesetzt war, hinderte ihn daran, einzuschlafen. Statt dessen gähnte er, was ihm zumeist böse und oft genug auch verächtliche Blicke seiner Sitznachbarn eintrug. Am besten überstand er ein Konzert, wenn er, falls die Lichtverhältnisse es zuließen, das Programmheft oder irgend etwas anderes las. Sobald er während eines Konzertes lesen konnte, verschwand die Müdigkeit. Und nicht nur das. Er konnte darüber hinaus in Anwesenheit eines musizierenden Symphonieorchesters weitaus aufmerksamer lesen, als wenn er nur für sich las. Sobald er sich auf die Musik konzentrierte, wurde er müde. Konzentrierte er sich aber auf seine Lektüre, wurde er wach. Zudem ertrug er, wenn er las, auch die Musik viel besser. Manchmal genoß er sie sogar. Er erinnerte sich an ein Konzert mit Mahlers 9. Symphonie in der Berliner Philharmonie, zu dem er sich eigens ein Buch mitgenommen hatte, da er wußte, daß der Saal hell genug bleiben würde. Er hatte das Buch gelesen, er hatte die Musik genossen, es hätte ein gelungener Konzertabend werden können, hätte ihn nicht sein linker Sitznachbar irgendwann darum gebeten, das Lesen einzustellen. »Das stört«, hatte sein Sitznachbar mit Blick auf das Buch gesagt, worauf Georg zurückgefragt hatte: »Wieso das denn?«, was ihm ein unwirsches »Psst!« seines rechten Sitznachbarn eingetragen hatte. Die Sitznachbarn waren beides ihm unbekannte Männer mittleren Alters gewesen, die anscheinend in der Philharmonie ein und aus gingen und in der Lage waren, sich ganz auf die Musik und auf nichts anderes zu konzentrieren. Die Philharmonie war voll von diesen Leuten, und Georg hatte es nicht gewagt, einen Streit zu beginnen. Statt dessen hatte er das Buch zugeklappt und auf die Müdigkeit gewartet. Doch er war nicht müde geworden, sondern hatte erst ein Jucken, dann ein Kratzen und schließlich einen solchen Druck im Hals und in den Bronchien gespürt, daß ihm nichts anderes übriggeblieben war, als zu husten. Es war allerdings kein normales Husten gewesen, es war eine Hustenexplosion, die nicht nur Georgs Sitz, sondern auch die seiner beiden Sitznachbarn vibrieren ließ. Und wieder hatten ihn ihre Blicke getroffen. Es waren keine bösen, es waren haßerfüllte, geradezu gewaltbereite Blicke gewesen. Er hatte ihnen Mahlers 9. Symphonie zerstört, und wahrscheinlich hätten sie ihn dafür umgebracht, wenn es in ihrer Macht gestanden hätte. Er hatte überlebt, hatte aber danach immer Angst davor gehabt, während eines Konzertes einen Hustenanfall zu bekommen. Auch jetzt spürte Georg plötzlich ein Jucken im Hals, wie er es damals in der Berliner Philharmonie verspürt hatte. Und wie damals steigerte sich das Jucken nun zu einem Kratzen, das von einem ziemlichen Druck auf die Bronchien begleitet war. Aber Georg wollte nicht husten. Er hatte auch gar keinen Grund zu husten. Denn erstens war er kein normaler Konzertbesucher, er war aus beruflichen Gründen im Lincoln Center und nicht aus kulturellen. Und zweitens konnte er sich auf den Anblick von Marys Schultern, Nacken und Hals konzentrieren, was ihn den Hustenreiz vergessen ließ. Er starrte auf Marys unbekleidete Körperpartien und hörte zugleich der Musik zu, die sich nun langsam steigerte und der Stelle anzunähern schien, die Georg in Scarp auf den Teppich gelegt hatte. Nun kratzten die Streicher nicht mehr, sondern verfielen in eine Art Toben. Auch der Flötenton jammerte nicht, sondern kreischte laut auf, schrie förmlich, saugte die Luft in sich hinein und spie sie mit gewaltigen Stößen wieder aus. Die Trompeten setzten ein, in herrschaftlich vollen Tönen, als würden sich Himmelspforten öffnen, um sich sogleich wieder, als wären es plötzlich Höllenpforten, mit düsteren blechernen Schlägen zu schließen. Dann war es für einen Moment fast still, nur die Becken rasselten, bis Georg Abgrundklänge herauftönen hörte, aus Bläsern, Streichern und Oboen gemischt, die immer heißer wurden, die zu kochen schienen und am Ende klangen, als würden sich Brandblasen füllen und gefährlich zerplatzen. Das mußte die Mitte des Feuerstroms sein, die Glut, die heißeste Stelle, der Ort, an dem die Seelen am schrecklichsten litten, und Georg sah, daß sich auf

Marys Schultern ein feuchter Glanz zeigte, der ihrer Haut einen Goldton gab, und er sah ebenfalls, während das Orchester nun förmlich zu wüten begann, daß ihre oberen Rückenmuskeln sich ein wenig bewegten, sich anspannten, lösten und sogleich wieder anspannten. Der Anblick von Marys goldschimmernder Haut und dem Muskelspiel ihres Rückens schmerzte Georg. Er wollte Mary nicht länger anschauen, er wollte sich auf die Musik konzentrieren, die ihr Toben und Wüten noch immer steigerte und plötzlich und für alle völlig unvorbereitet in einen hohen Oboenton überging, dessen einzige Besonderheit darin bestand, daß er mehrere Sekunden dauerte und schließlich wie beiläufig abbrach. Im Saal blieb es still. Fast ebenso lang, wie der Oboenton gedauert hatte, verharrte nun das Publikum. Doch Georg ahnte schon, daß dies der magische Moment vor dem Applaus war. Hätte der Moment noch länger gedauert, hätte sich Bergmann Sorgen machen müssen. Doch genau in dem Augenblick, als die Stille ihre äußerste Ausdehnung erreicht hatte, um das Konzert noch zu einem guten Abschluß zu bringen, brach ein tosender Applaus los, der sich, als ahmte er das soeben gehörte Musikstück nach, immer mehr steigerte und beinahe umschlug in Chaos und Lärm. Der Applaus ordnete sich ein wenig, als der Dirigent sich verbeugte und das Orchester sich erhob. Das Orchester setzte sich wieder, der Dirigent verließ das Podium, und nun schwoll der Applaus erneut an. Georg blickte zu Bergmanns Platz, doch Bergmann war verschwunden. Er mußte irgendwann den Saal verlassen haben, Georg hatte es nicht bemerkt. Gewiß würde er nun durch die Tür kommen, durch die der Dirigent soeben das Podium verlassen hatte, um sich zu verbeugen. Doch Bergmann erschien nicht. Statt dessen betrat ein weiteres Mal der Dirigent das Podium, nahm den Beifall entgegen, gab dem Orchester wie zuvor ein Zeichen, das Orchester erhob sich ein weiteres Mal, das Publikum applaudierte dem Orchester. Der Dirigent ging hinaus, das Orchester setzte sich, der Beifall schwoll ab, um sich bald darauf erneut zu steigern. Das Publikum wollte den Komponisten sehen, das Publikum wollte Bergmann feiern. Doch Bergmann erschien nicht. Der Beifall steigerte sich erneut, und in eben dem Moment, als die Begeisterung abzubrechen oder gar in Unmut umzukippen drohte, öffnete sich die Podiumstür, und Bergmann erschien. Er ging, wie er es auch am Abend zuvor getan hatte, gemessenen Schrittes über das Podium. Er machte den Eindruck, als ob er völlig in sich versunken war. Aber er ging nicht gebeugt, sondern aufrecht, sein Körper war gespannt, nur seine Gedanken waren versunken, und seine Stirn war den Sternen beziehungsweise den Deckenscheinwerfern des Konzertsaals zugewandt. Auf der Mitte des Podiums angekommen, wandte er sich, noch immer mit himmelwärts gerichteten, dabei aber beinahe geschlossenen Augen, dem Auditorium zu, verharrte einen Moment und setzte dann zu einer Verbeugung an, die zu den elegantesten Verbeugungen gehörte, die Georg je gesehen hatte. Bergmann verbeugte sich nicht, wie man sich vor einem normalen Konzertpublikum verbeugt. Er verbeugte sich auch nicht, wie man sich vor einer Majestät verbeugt. Seine Verbeugung war selbst die Verbeugung einer Majestät. Und wenn er sich vor etwas verbeugte, dann war es das eigene Schaffen, dem er nun seine Reverenz erwies: Bergmann verbeugte sich vor seiner Kunst. Während das Publikum unermüdlich weiter applaudierte, verließ der Komponist das Podium, was den Effekt hatte, daß der Beifall erneut anschwoll. Bergmann erschien noch einmal, wieder trat er mit himmelwärts gerichtetem Blick nach vorn, verbeugte sich nun aber nicht mehr, sondern nahm den Beifall in starrer Körperhaltung entgegen, als müsse er dem Jubel geradezu physisch standhalten. Nur den Kopf senkte er ein wenig, während die Bravo- und Jubelrufe ihn anwehten wie ein Sturm. Und jetzt, in dem Augenblick seines Triumphes, sah Georg, daß Bergmanns Blick durch die vorderen Reihen ging. Er schien jemanden zu suchen. Wahrscheinlich suchte er Mary, doch Bergmanns Blick wanderte einige Reihen höher hinauf und bewegte sich auf Georg zu. Er sucht nicht Mary, sondern mich, dachte Georg, und in eben dem Moment, als er sich diesen Gedanken sogleich wieder verbieten wollte, traf ihn Bergmanns Blick. Es war ein warmer, freundschaftlicher und zugleich verschwörerischer Blick, denn Georg sah, daß Bergmann ihm zuzwinkerte. Der große Bergmann hatte ihm im Augenblick seines Triumphes zugezwinkert, was Georg als einen besonderen Vertrauensbeweis betrachtete. Und plötzlich hatte er das Gefühl, daß Bergmann ihn aufgenommen hatte in seine Welt, in die Welt der Kunst und des Ruhms. Und nun merkte er auch, wie stolz ihn Bergmanns Erfolg machte. Stolz auf Bergmann, aber auch stolz auf sich selbst. Das alles war ohne Zweifel, Georg wußte es, eine lächerliche Einbildung. Trotzdem spürte er auf geradezu körperliche Weise, wie Bergmanns Triumph nun auch seine Adern durchströmte und ihm einen Schauer über den Rükken jagte. Er hatte gelesen, daß der moderne Mensch noch immer die Sinnesorgane besitzt, die ihn das Aufrichten seines im Laufe der Evolution verlorengegangenen Nacken- und Rückenfells spüren lassen. Das war es, was Georg jetzt spürte. Er spürte sein Rückenfell. Und wahrscheinlich spürte auch Bergmann sein Rückenfell. Das mußte das Gefühl des Ruhms sein. Es war ein angenehmes, euphorisierendes, aber auch ein wölfisches Gefühl. Es war das Gefühl des hungrigen Wolfs, der seine Zähne soeben in die warme Kehle des Beutetieres geschlagen hat. Das Gefühl legte sich in dem Moment wieder, als sich auch, nachdem Bergmann vom Podium abgetreten war, der Beifall legte und schließlich ganz verebbte. Georg verließ den Konzertsaal und wartete im Foyer auf Steven und Bruno. Beide würden wissen, wie der Abend weiterging. Während Steven überwältigt schien von Bergmanns Komposition, von »bedeutender Musik« sprach und einer »Summe« des Bergmannschen Schaffens, »auch im technischen Sinne«, blieb Bruno äußerst gelassen. Wahrscheinlich hatte er schon zu viele Triumphe erlebt, nicht nur die Bergmanns, auch die der Callas, als er für Onassis gearbeitet hatte. Statt auf Stevens Bemerkungen einzugehen, sagte Bruno nur »Prima Publikum«, worauf Steven sagte, daß das New Yorker Publikum phantastisch sei. »Absolut unbestechlich«, sagte Steven, »außerdem verwöhnt und snobistisch wie kein anderes Publikum sonst.« Wer hier triumphiere, der triumphiere über die Welt. »In der Kantine ist ein Empfang mit Büfett«, sagte Bruno daraufhin, »das Lincoln Center zahlt.« Dann führte er Steven und Georg durch das Foyer. Sie wurden nach kurzem Wortwechsel mit einem Türwächter in den Verwaltungs- und Künstlertrakt gelassen und erreichten auch bald die Kantine, wo die Premierenfeier stattfinden sollte. Die meisten Gäste hatten sich schon eingefunden, nur Bergmann und der Dirigent fehlten noch. Allerdings war auch von Mary nichts zu sehen, was Georg ein wenig beunruhigte. Andererseits, wäre sie dagewesen, hätte ihn das auch beunruhigt. Georg sah sich unter den Anwesenden um, aber natürlich kannte er niemanden persönlich. Die einzige Person aus seinem Bekanntenkreis, der er zugetraut hätte, hier aufzutauchen, wäre die rothaarige Studentin gewesen. Allerdings entdeckte er auch das ältere Ehepaar wieder, das ihm anfangs schon aufgefallen war. Und nun wußte er auch, woher er die beiden kannte: Es waren die Rolstons aus dem *Gardener*. Die mit dem »Moosknall«, wie Bergmann gesagt hatte, und die ganz offensichtlich eigens angereist waren. Womöglich hatten sie auch einen Bergmannknall, aber das hatte Bergmann nicht gesagt. Außerdem entdeckte Georg noch einen inzwischen ergrauten, aber ansonsten beinahe unverändert aussehenden Schauspieler, den Georg als Winnetou kannte und der ihm beinahe so vertraut war wie Mister Ed. »Da drüben ist Winnetou«, sagte Georg zu Steven, worauf dieser sagte, daß er noch an die Musik von »Pyriphlegethon« denke und speziell an den Klang der Oboen. Es gäbe, sagte Steven, bei Bergmann eine ganz spezifische Oboenverwendung, worauf Georg sagte, daß ihm besonders der Schlußton aufgefallen sei. Der Schlußton, sagte Steven daraufhin, sei allerdings die einzige Stelle mit nichtspezifischer Oboenverwendung. Bergmann-unytpisch sozusagen. Der Schlußton sei ein Zitat. Georg wurde ein wenig verlegen und sagte: »Ist klar.« Darauf hätte er auch selbst kommen können. Mit Zitaten lag man immer richtig, wenn man über Musik redete. Man mußte nur wissen, was für Zitate es waren. Wenn Georg mit musikalisch gebildeten Bekannten ein Konzert besucht hatte, dann bestanden die Gespräche nach dem Konzert zumeist darin, auf die Zitate hinzuweisen, die in der jeweiligen Komposition vorgekommen waren. Je mehr Zitate einer entdeckte, um so mehr wurde er als Fachmann und Musikkenner gewürdigt. Und je mehr einer als Fachmann und Musikkenner gewürdigt werden wollte, um so mehr Zitate mußte er in einer Komposition entdecken. Das hatte zur Folge, daß während der Gespräche nach einem Konzert ein wahres Zitatwettrennen unter den Beteiligten ausbrach. Hatte der eine hier ein Zitat entdeckt, entdeckte der andere dort gleich zwei Zitate. Was ersteren wiederum veranlaßte, unermüdlich weitere Zitate herbeizuzitieren, so daß von dem jeweiligen Musikstück nicht viel mehr übrigblieb als eine enorme Zitatenansammlung. Georg hatten diese Gespräche immer sehr beeindruckt, zumal er selbst so gut wie nie ein Zitat entdeckte. Einige Zitate hatte er sich dann doch gemerkt, das »Ein feste Burg ist unser Gott«-Zitat in Mendelssohns 5. Symphonie zum Beispiel. Oder das Zitat aus Mozarts »Don Giovanni« in Beethovens siebenundzwanzigster Diabelli-Variation. Doch hatte er leider niemals mehr die Gelegenheit gehabt, mit irgend jemandem, der das jeweilige Zitat noch nicht kannte, Mendelssohns 5. Symphonie oder Beethovens Diabelli-Variationen zu hören. Seinen musikalisch gebildeten Bekannten waren die Zitate natürlich vertraut, und es wäre ein großer Fauxpas gewesen, mit allgemein bekannten Zitaten Eindruck schinden zu wollen. Es gehörte vielmehr zum guten Ton, während der Gespräche nach einem Konzert über allgemein bekannte Zitate Stillschweigen zu wahren. Wenn man auf Zitate hinwies, dann mußten es weitgehend unbekannte, versteckte und bestenfalls noch gänzlich unentdeckte Zitate sein. Gut war es auch, zwischen Fremdzitaten und Selbstzitaten unterscheiden zu können. Das Hinweisen auf Selbstzitate zeugte von ganz besonderer Kennerschaft, denn wer auf ein Selbstzitat hinwies, der mußte natürlich auch wissen, daß die Stelle, die zitiert wurde, früher komponiert worden war als die zitierende Stelle. Damit wäre Georg nun gänzlich überfordert gewesen, obwohl ihm gerade in den Sinn gekommen war, daß er auf Stevens Hinweis, daß der Schlußton von »Pyriphlegethon« ein Zitat sei, ohne weiteres fragen konnte, ob es sich hierbei um ein Eigenzitat handle. »Ein Eigenzitat?« fragte Georg denn auch, und Steven antwortete nur: »Wagner.« Wenn Georg das Stichwort »Wagner« hörte, dann reagierte er reflexhaft. Sagte jemand »Wagner«, dann dachte Georg »Der Tristanakkord«. Das aber wäre wahrscheinlich das Falscheste gewesen, was Georg jetzt hätte sagen können. Gab es im Tristanakkord überhaupt eine Oboe? Georg erinnerte sich nicht mehr. Also zog er es vor zu schweigen, was auch nicht weiter auffiel, da die Anwesenden plötzlich zu klatschen anfingen. Anscheinend wurde das Büfett eröffnet, dachte Georg. Doch es war nicht das Büfett, sondern es waren Bergmann, Sir John und, einen Schritt hinter ihnen, Mary, die nun die Kantine betraten. Sir John und Bergmann verbeugten sich vor den Klatschenden und steuerten dann ihre Sitzplätze an einem runden Tisch an, der für die Ehrengäste des Abends vorgesehen war. Mary setzte sich ebenfalls an den Tisch und flüsterte Sir John etwas zu, worauf dieser ihr lächelnd mit dem Handrücken über die Wange streichelte. Sowohl Georg als auch Steven hatten die Szene beobachtet, und auf Georgs fragenden Blick sagte Steven, daß Mary nicht nur Bergmanns ehemalige Kompositionsschülerin und gelegentliche Assistentin für die Reinschriften sei, sondern auch die Tochter von Sir John. Nun wußte Georg Bescheid und versuchte zugleich, sich davon zu überzeugen, daß es gewiß klüger sei, Mary nicht weiterhin so unwiderstehlich wie bisher zu finden. Der Weg von Emsfelde bis zu Sir Johns Tochter war wohl doch ein wenig zu weit. Im gleichen Moment wandte sich Bruno an ihn und sagte, daß Bergmann ihn an den Tisch für die Ehrengäste bitte. Es saßen ungefähr ein Dutzend Personen um den Tisch herum, und Georg setzte sich auf den einzigen noch freien Stuhl, gleich neben die Rolstons zu seiner Linken und, was das Kinderherz in ihm ein wenig höher schlagen ließ, neben den Winnetoudarsteller zu seiner Rechten. Während die anderen noch auf die Getränke und das Essen warteten, hatte Bergmann bereits eine Flasche Rotwein vor sich stehen, die offensichtlich eigens für ihn reserviert war und von der er auch schon einiges getrunken hatte. Bergmann war in aufgekratzter Stimmung und hatte die Runde bereits mit einigen Anekdoten amüsiert. Nun nutzte er die Gelegenheit, den neuen Gast am Tisch zu begrüßen, und stellte Georg als den »Schriftsteller Doktor Georg Zimmer von der Freien Universität Berlin« vor. Georg ließ es geschehen und korrigierte Bergmann nicht. Zumal dieser offensichtlich glaubte, was er sagte. Hatte er vor kurzem noch vergessen, daß Georg an seiner Doktorarbeit schrieb, so hatte er ihn jetzt kurzerhand zum Doktor gemacht. Doch damit nicht genug. Außerdem sagte Bergmann noch, nun beinahe ein wenig pathetisch: »Mein Hymniker.« Das war mehr als mißverständlich, und Georg spürte, wie die Anwesenden zunehmend skeptischer auf ihn blickten. Niemand sagte etwas, nur der Winnetoudarsteller fragte Georg mit der Unbefangenheit eines Indianerhäuptlings und leicht spanisch klingendem Akzent: »Sie schreiben Hymnen auf Bergmann?« Georg antwortete: »Eigentlich nicht«, was eine ziemlich unentschiedene Antwort war, die den Winnetoudarsteller denn auch nicht zufriedenstellte, so daß er fragend Bergmann anblickte. Der rettete dankenswerterweise die Situation, indem er einwarf: »Nicht auf mich, sondern für mich. Das wäre ja noch schöner.« Nun schauten die Anwesenden wieder zufriedener drein, einige lächelten freundlich zu Georg hinüber, andere schauten ihn allerdings auch ein wenig hämisch an, so daß er sich in diesem Kreis nicht mehr recht wohl fühlen wollte. Auch mit dem Winnetoudarsteller haderte er nun, obwohl der seine Frage gewiß nicht böse gemeint hatte. Zum Glück konnte er sich auf das Essen konzentrieren, das an diesem Tisch eigens serviert wurde, und den Gesprächen der anderen zuhören. Am meisten hörte er den Rolstons zu, die über ihn hinweg dem Winnetoudarsteller von ihrem Haus und ihrem Garten erzählten. Auch der Schauspieler besaß Haus und Garten, allerdings in Spanien, und man tauschte allerlei praktische Tips aus. Von Moos war allerdings die ganze Zeit nicht die Rede, sondern nur von Akanthusgewächsen, Schmetterlingsblüten und davon, wie man frostgeschädigte Ölbäume behandelt. Georg hätte die Rolstons am liebsten nach dem Moos gefragt, doch er traute sich nicht, zumal er nach längerem Hinsehen auch nicht mehr überzeugt davon war, daß es sich wirklich um das Ehepaar aus dem *Gardener* handelte. Außerdem wollte er sich lieber zurückhalten. Er hatte kein Bedürfnis, noch einmal zum Gegenstand des Tischgespräches zu werden, was so lange gutging, bis Bergmann, der nun schon bei der zweiten Flasche Rotwein angelangt war und anscheinend mit Mary und Sir John über Georg gesprochen hatte, plötzlich lauthals in die Runde rief: »Blazer mit Strickkrawatte. Typisch Emsfelde.« Das war auf Georg gemünzt, der in der Tat einen blauen Blazer mit Metallknöpfen und eine weinrote Strickkrawatte trug. Er hatte schon während des Abends gemerkt, daß er nicht ganz passend gekleidet war. Auch die dunkelbraunen Cordjeans und die Schuhe mit den Kreppsohlen entsprachen nicht unbedingt dem, was man im Lincoln Center zu einer Premiere trug. Nun aber hatte Bergmann, der einen speziellen Blick für die Schwächen seiner Mitmenschen hatte, unerbittlich darauf aufmerksam gemacht. Georg spürte, wie er errötete, was ihm wiederum peinlich war, und er hatte das Gefühl, daß er wegen seines Errötens gleich noch einmal errötete. Vorhin waren sie doch noch Freunde gewesen, Bergmann und er, Verbündete im Triumph. Vorhin hatte er doch noch an Bergmanns Erfolg teilgehabt, als wäre es sein eigener. Und Bergmann hatte ihm zugezwinkert. Und nun stellte er ihn bloß. Er habe einige wenige eiserne Grundsätze, sagte Bergmann dann noch. Einer davon laute: Niemals Strickkrawatten! Dann wandte er sich wieder Sir John mit irgendwelchen Dingen zu, die mit dem Musikbetrieb zu tun hatten. Der Dirigent war allerdings ungeduldig geworden und drängte zum Aufbruch, möglicherweise wußte er, daß Bergmanns Stimmung nun umschlug, und auch Mary schien es nicht länger in der Runde zu halten. Sie verabschiedeten sich von Bergmann, der sich erhob und ein wenig schwankte. Beide winkten der Runde zu, und Georg sah Mary mit der Gewißheit nach, daß er sie nie mehr wiedersehen würde. Vielleicht hatte sie seinen Blick bemerkt, vielleicht war sie aber auch nur ein freundlicher Mensch, auf jeden Fall drehte sie sich noch einmal um und rief zu Georg hinüber: »See you in Sicily.« Georg war so überrascht, daß er Mary nur ein einsilbiges »Okay« zurufen konnte. Sir John und Mary verließen die Kantine, was auch die anderen Gäste veranlaßte, sich langsam zu erheben und zu verabschieden. Erst ging der Winnetoudarsteller, dann gingen die vermeintlichen Rolstons, schließlich die anderen, die Georg nicht vorgestellt worden waren und die vermutlich zum Orchester beziehungsweise zum Lincoln Center gehörten. Auch Georg wäre am liebsten gegangen, allein schon wegen der Strickkrawatte, aber Bergmann hatte gerade eine weitere Flasche Wein kommen lassen und verfiel langsam in einen Zustand, der sich durch eine Mischung aus katatonischem Vor-sich-Hinstarren und plötzlich aufkeimendem Weltekel auszeichnete. Letzterer richtete sich zuerst auf den Verwaltungsdirektor des Lincoln Centers, von dem bisher noch nie die Rede gewesen war und den Bergmann eine »trübe Tasse« nannte, dann auf das Plaza mit seinen »mit Porzellanhunden vollgestopften Suiten«, danach auf den Winnetoudarsteller, von dem Bergmann sagte, er wisse gar nicht, wie der an ihren Tisch gekommen sei, und schließlich auf das New Yorker Publikum, das ihn eben noch gefeiert hatte und das er nun, wie er sagte,

»ziemlich treuherzig« fand und das mit dem Chicagoer Publikum überhaupt nicht zu vergleichen sei. Die Anwesenden sparte Bergmann glücklicherweise aus, wobei Bruno sowieso gegen alle Attacken gefeit schien. Dieser scheute sich denn auch nicht, immer wieder einmal lauthals zu gähnen und Bergmann deutlich zu zeigen, daß er sich langweilte und aufbrechen wollte. Nachdem Bergmann noch einen Whisky getrunken hatte, fügte er sich, und alle verließen die Kantine. Vor dem Künstlereingang wartete die Limousine des Lincoln Centers. Bergmann, Steven und Bruno stiegen ein und fuhren davon, ohne sich von Georg zu verabschieden. Dabei hatte er Bergmann sogar noch die Wagentür aufgehalten. Möglicherweise waren sie davon ausgegangen, daß er mit einsteigen würde. Oder daß man sich am nächsten Tag wiedersehen würde. Vielleicht hatten sie ihn aber auch einfach vergessen. Ausgelöscht. Wegen der Strickkrawatte. Und wegen der Kreppsohlen. Zuviel Emsfelde und zuwenig New York, würde Bergmann wahrscheinlich sagen, fragte man ihn nach Georg. Aber niemand fragte Bergmann nach Georg. Dessen war Georg sich sicher. Und er nahm sich vor, als er im Taxi saß, das ihn zum Washington Square brachte, Bergmann und die ganze Bergmannwelt am besten genauso zu vergessen, wie man ihn vor dem Lincoln Center vergessen hatte. An diesem Vorsatz hielt er auch noch fest, als er am nächsten Tag im Flugzeug Richtung Deutschland saß und die Kränkungen wegen der Strickkrawatte ein wenig abgeklungen waren. Wohl war er gekränkt, aber er wollte trotzdem mehr auf seine Garderobe achten. Schließlich lief er im Sommer auch nicht mit weißen Socken und Sandalen herum. Warum nur hatte er nach dieser Strickkrawatte gegriffen. Vielleicht sollte er lieber Lederkrawatten tragen. Doch noch ehe das Wort »Lederkrawatte« ganz in seinem Kopf verhallt war, wußte er schon, daß hier die nächste Kleiderfalle lauerte. Er würde in Zukunft überhaupt keine Krawatten tragen. Im Kreuzberger Sozialamt brauchte man keine Krawatte. Und in der Universitätsbibliothek auch nicht. Nicht mal in der Berliner Philharmonie brauchte man eine. Und das Lincoln Center würde er wohl niemals wieder betreten. Schon im Flugzeug hatte er gemerkt, wie die Erinnerung an das Lincoln Center, an den Indianerdarsteller, an das Plaza und die Limousine immer mehr verblaßte, und als er im Bus saß, der ihn vom Flughafen Tegel zur U-Bahn brachte, konnte er schon gar nicht mehr recht glauben, daß er dies alles mit eigenen Augen gesehen hatte. Nur die Erinnerung an Mary verblaßte nicht und setzte ihm so zu, daß er ein paar Tage brauchte, um sich wieder für seine Arbeit zu interessieren. Das wurde durch einen Brief der Universität erleichtert, die ihm mitteilte, daß er das Doktorandenstipendium erhalten sollte. Zwei Jahre lang achthundert Mark monatlich, mit einer Option auf Verlängerung. Als Darlehen allerdings, was bedeutete, daß er nach drei Jahren möglicherweise einen Doktortitel, aber auch einen Haufen Schulden hatte. Trotzdem freute er sich über die Nachricht. Achthundert Mark waren nicht viel, aber genug, wenn er sein Kreuzberger Zimmer behalten würde. Die gute Nachricht motivierte ihn so, daß er sich sogleich zu weiteren Recherchearbeiten in die Bibliothek begab und nun auch dort fündig wurde, wo er zuvor vergebens gesucht hatte. Im Stichwortkatalog beispielsweise, wo er schon mehrere Male nach den Stichworten »Vergessen« und »Lethe« gesucht hatte und wo er nun einen Hinweis auf ein Buch mit dem Titel »Die Literatur und das Vergessen« fand. Das Buch war neu, es mußte soeben erst angeschafft worden sein und es hatte beinahe den gleichen Titel, den seine Doktorarbeit haben sollte. Georg notierte sich die Signatur, ging in den Bibliothekskeller, wo sich das sogenannte Freihandmagazin befand, und nahm dort mit dem Gefühl, nach dem Dokument zu greifen, das ihm den vorzeitigen Abbruch seiner akademischen Laufbahn bescheinigen würde, das Buch aus dem Regal. Wohl hatte er jetzt ein Doktorandenstipendium, aber, wenn er Pech hatte, kein Forschungsdesiderat mehr. Georg trug das Buch gar nicht erst zur Ausleihe, sondern schlug es sofort und mit klopfendem Herzen auf. Schon bei der Durchsicht des Inhaltsverzeichnisses stellte er fest, daß es sich zwar um sein Thema handelte, aber nicht um eine germanistische, sondern um eine romanistische Arbeit. Die Arbeit untersuchte das Motiv des Vergessens in der französischen, spanischen und italienischen Literatur. Rabelais und Montaigne wurden behandelt, Cervantes und Huarte, Proust und Pirandello. Das Vorwort war von einem bekannten Romanisten verfaßt worden, anscheinend handelte es sich um den Doktorvater des Verfassers. Der Doktorvater nannte das Buch seines Schülers eine Pionierarbeit und einen bedeutenden Beitrag zum »Oblivionismus« in der romanischen Literatur, der mit dieser Arbeit seine erste umfassende Beschreibung »aus amnesthonischer, lethognomischer und lethotechnischer Perspektive« erfahren habe. Zugleich drückte der Romanist seinen Wunsch aus, daß auch in den anderen Philologien vergleichbare Studien angefertigt würden, damit sich ein wissenschaftliches Bild dessen herstellen lasse, was den »Europäischen Oblivionismus« insgesamt auszeichne. Georg konnte beruhigt sein. Die Arbeit stellte keine ernstliche Konkurrenz dar, auch wenn er den Verfasser sowohl um das Vorwort seines Doktorvaters wie auch um dessen Begriffe beneidete. Beunruhigend war allerdings eine Fußnote, die sich auf die Bemerkung von den »vergleichbaren Studien« bezog und die Georg erst auf den zweiten Blick entdeckt hatte. Hier merkte der Romanist an, daß an der Germanistischen Fakultät seiner Universität »eine Arbeit zum Oblivionismus in der deutschen Literatur in Vorbereitung sei«. Nun beschleunigte sich Georgs Herzschlag ein weiteres Mal. Was immer auch »in Vorbereitung« im einzelnen heißen mochte – es bedeutete auf jeden Fall, daß die Konkurrenz nicht schlief und daß er sich beeilen mußte. Er würde schon morgen anfangen, und zwar mit dem Herzstück der Arbeit: Das Vergessen als Motiv. Die nächsten Tage verbrachte Georg damit, noch einmal systematisch die Kataloge der Universitätsbibliothek sowie die einschlägigen Bibliographien zu den Stichworten »Lethe« und »Vergessen« zu konsultieren. Denn er wußte noch immer nicht, bei welchen Autoren das eine oder andere überhaupt vorkam. Leider tauchte das Stichwort »Lethe« nur ein einziges Mal auf, mit einem Verweis auf das Stichwort »Vergessenheit«, das Georg in dieser Form bisher noch nicht berücksichtigt hatte. Bei dem Stichwort »Vergessenheit« wiederum fand er einen Hinweis auf einen Aufsatz über Hegels »Phänomenologie des Geistes«

in einer älteren Nummer der »Philosophischen Rundschau«. Georg besorgte sich den Aufsatz und stellte fest, daß er sich der Interpretation einer einzigen, aus zwei Sätzen bestehenden Passage der »Phänomenologie des Geistes« widmete. Die Passage wurde gleich zu Anfang zitiert und lautete: »Die Versöhnung des Gegensatzes mit sich ist die Lethe der Unterwelt im Tode, – oder die Lethe der Oberwelt, als Freisprechung nicht von der Schuld, denn diese kann das Bewußtsein, weil es handelte, nicht verleugnen, sondern vom Verbrechen, und seine sühnende Beruhigung. Beide sind die Vergessenheit, das Verschwundensein der Wirklichkeit und des Tuns der Mächte der Substanz, ihrer Individualitäten, und der Mächte des abstrakten Gedankens des Guten und des Bösen; denn keine für sich ist das Wesen, sondern dieses ist die Ruhe des Ganzen in sich selbst, die unbewegte Einheit des Schicksals, das ruhige Dasein und damit die Untätigkeit und Unlebendigkeit der Familie und der Regierung, und die gleiche Ehre und damit die gleichgültige Unwirklichkeit Apolls und der Erinnye, und die Rückkehr ihrer Begeisterung und Tätigkeit in den einfachen Zeus.« Soweit Hegel. Georg nahm sich vor, was er sich bei Hegel schon öfter vorgenommen hatte: den Text später und mit mehr Ruhe noch einmal zu lesen. Allein die Unterscheidung von Lethe der Unterwelt und Lethe der Oberwelt wollte er sich jetzt schon notieren, die konnte er vielleicht brauchen. Darüber hinaus fand er noch einen zweiten Hinweis auf einen Aufsatz mit dem Titel »Erinnern und Vergessen in Goethes autobiographischer Prosa«. Georg besorgte sich auch diesen und stellte fest, daß der Autor sich die Mühe gemacht hatte, Goethes autobiographische Texte »Dichtung und Wahrheit«, »Italienische Reise«, »Campagne in Frankreich« und »Belagerung von Mainz« auf die Verwendung der Worte »Vergessen«, »vergessen«, »Erinnerung« und »erinnern« durchzusehen. Hierbei kam er zu dem Ergebnis, daß »Vergessen« und »vergessen« in »Dichtung und Wahrheit« sechzehnmal, in der »Italienischen Reise« zwölfmal, in der »Campagne in Frankreich« zweimal und in der »Belagerung von Mainz« viermal vorkommen. »Erinnerung« und »erinnern« kommen dagegen in »Dichtung und Wahrheit« neununddreißigmal, in der »Italienischen Reise« dreißigmal, in der »Campagne in Frankreich« neunmal und in der »Belagerung von Mainz« zweimal vor. Wobei der Genauigkeit halber gesagt werden muß, daß das Verb »erinnern« in der »Belagerung von Mainz« überhaupt nicht vorkommt, das Substantiv »Erinnerung« dagegen zweimal. Das Resultat dieser, so der Verfasser, »wortempirischen« Untersuchung ist, »daß in Goethes autobiographischer Prosa das Erinnern über das Vergessen dominiert«. Nur in der »Belagerung von Mainz« dominiere das Vergessen über die Erinnerung (viermal »vergessen«, zweimal »Erinnerung«), was der Verfasser mit Goethes pazifistischer Grundhaltung erklärt. Georg kopierte sich den Aufsatz erst gar nicht, sondern gab ihn umgehend wieder zurück. So kam er nicht weiter. Er saß bereits in der U-Bahn, die ihn von Dahlem nach Kreuzberg brachte, als ihm klar wurde, daß er keine andere Wahl hatte, als selbständig die Literatur zu durchforsten, was eine enorme Arbeit bedeutete. Zudem hatte es wenig Sinn, in der Literatur nach Worten wie »vergessen« oder »erinnern« zu suchen. Das waren Allerweltsworte, und wenn jemand »Vergiß es!« sagte, dann hatte es mit seinem Thema nichts zu tun. Die U-Bahn war gerade aus dem Untergrund aufgestiegen und schwebte nun über dem zementgrauen Wasser des Landwehrkanals, als Georg beschloß, daß »Lethe« ihn retten sollte. Er würde kein allgemeines Vergessenskapitel, sondern ein konkretes Lethekapitel schreiben: »Das Lethemotiv in der Literatur«. Dazu mußte er nur ausreichend Texte finden, in denen Lethe vorkommt. Die Bibliographien halfen ihm nicht weiter, und ihm würde nichts anderes übrigbleiben, als soviel wie möglich selbst zu lesen. Am nächsten Tag saß Georg bereits in der Germanistenbibliothek mit dem Vorsatz, zuerst Goethe und dann Schiller zu sichten. Dazu übte er ein über die Seiten fliegendes Leseverhalten ein, das ihn nur auf »Lethe« reagieren und alles andere bloß unscharf wahrnehmen ließ. Trotz dieser Methode dauerte es beinahe drei Wochen ununterbrochener Lektüre, bis Georg erst Goethes Prosa, dann seine Dramen und schließlich die Lyrik durchgesehen hatte – mit einem wahrhaft mageren Ergebnis: »Lethe« kam bei Goethe nur ein einziges Mal vor, und zwar in der zehnten der »Römischen Elegien«: »Freue dich also, Lebend'ger, der lieberwärmeten Stätte, / Ehe den fliehenden Fuß schauerlich Lethe dir netzt.« Das war entschieden zuwenig. Nun mußte er auf Schiller bauen. Doch wenn der Name »Lethe« bei Goethe nur einmal vorkommt, dachte Georg, dann kommt er bei Schiller sicher keinmal vor. Die Durchsicht der Dramen Schillers belehrte ihn insofern eines Besseren, als er drei Lethestellen fand: zwei in den »Räubern« in einem Lied Amalies, das mit den Worten endet: »Hektors Liebe stirbt im Lethe nicht«, und eine in der »Jungfrau von Orleans«, wo es heißt: »Versenkt im Lethe sei / Auf ewig das Vergangene.« Das war nicht berauschend, doch besser als nichts. Nichts dagegen brachte Schillers Prosa. Blieb also die Lyrik, die zur großen Überraschung Georgs einen geradezu überschäumenden Letheertrag brachte: sechsmal Lethe! Eine weitere Erwähnung in den »Xenien und Votivtafeln« gar nicht erst mitgerechnet. Die sechs Erwähnungen in den Gedichten verminderten sich allerdings wieder um eine, die Georg schon aus den »Räubern« kannte und die nun in dem Gedicht »Hektors Abschied« erneut auftauchte: »Hektors Liebe stirbt im Lethe nicht.« War diese Doppelung überhaupt bekannt? Wußte die Schillerforschung davon? Georgs Freude über seine Entdeckung währte freilich nur so lange, bis er in den Kommentaren der von ihm benutzten Schiller-Ausgabe eine ausführliche Anmerkung dazu fand. Georg war deprimiert. Nicht so sehr, weil er keine Entdeckung gemacht hatte, sondern weil er spürte, daß er in eine Sackgasse geraten war. So konnte er nicht weitermachen. Und wie zum Hohn entdeckte er an einem im sommerlichen Abendrot beinahe verglühenden Freitagabend kurz vor Bibliotheksschluß einen weiteren Lethevers bei Schiller, den er nur als Spottvers auf sich und seine Forschungsarbeit lesen konnte: »Den Styx kann man durchwaten, / Im Lethe krebset man.« So war es. Schiller hatte recht. Er krebste im Vergessen. Mit der Gewißheit, daß aus seinen Bemühungen nie und nimmer eine Doktorarbeit werden würde, verließ Georg die Bibliothek und trieb sich noch eine Zeitlang im Institutsgebäude herum, das er schon so viele Jahre kannte, in dem er sich aber noch nie auf diese Weise herumgetrieben hatte. Das taten nur ein paar Obdachlose, die keine Scheu vor dem Universitätsmilieu hatten. Und die sogenannten Uniirren. Dazu gehörte die »Gräfin«, die einmal Philosophieassistentin gewesen und danach zu einer Art Hausgespenst der Geisteswissenschaften geworden war. Und dazu gehörte auch der abgebrochene Anglistikstudent mit dem Pappkarton voller zerfledderter Leitzordner. Auch Georg hatte in seinem Kreuzberger Zimmer zahlreiche Leitzordner, aber er hatte nicht das Bedürfnis, sie in einem Pappkarton immer bei sich zu haben. Allerdings kam ihm an diesem Abend, nach beinahe sechs Wochen panischer Goethe- und Schillerlektüre, dieses Bedürfnis nicht mehr so merkwürdig vor, wie es ihm eigentlich hätte vorkommen müssen.

Bereits am nächsten Morgen, einem Sonnabend, war Georg gerettet. Zumindest glaubte er es, als er im Briefkasten einen Brief aus Italien fand. Bergmann hatte ihm geschrieben. Eigenhändig und handschriftlich. Es war ein sehr persönlicher, geradezu herzlicher Brief, in dem Bergmann ihm von seiner Arbeit an den »Elysian Fields« berichtete. Bergmann schilderte ihm ausführlich die Anlage und den Aufbau der Komposition, schrieb über die Instrumentierung, über Tempi und Klangwirkungen und auch darüber, was das, was er von dem Stück bis jetzt komponiert hatte, für ihn selbst bedeutete. Nämlich so etwas wie ein Altersbekenntnis. Denn erst im Alter, so Bergmann, habe er den Mut zur Schönheit und zur Utopie gefunden. Es sei das Vorrecht der Jugend, verzweifelt zu sein. Pflicht aber der Reife und des Alters sei es, der Verzweiflung zu trotzen. Im Moment, schrieb Bergmann, arbeite er bereits am 3. Satz des Werkes, der Satz sei bereits vollständig skizziert, und er brauche so schnell wie möglich die Hymne für den 4. Satz. Die Zeit dränge ein wenig, es gäbe bereits Uraufführungstermine, und zwar gleich mehrere: das Stück solle in Chicago, Madrid und Berlin parallel uraufgeführt werden. »Ein echter Knaller«, kommentierte Bergmann in seiner ihm eigenen Art, und darum müsse auch die Hymne ein echter Knaller werden. Und wer könne das besser als Georg. Da sei er sich ganz sicher. Er schlage vor, schrieb Bergmann weiter, daß Georg so schnell wie möglich für ein paar Tage nach Sizilien komme und vor Ort arbeite. Am besten am nächsten Sonnabend. Eine Woche später saß Georg im Flugzeug nach Palermo. Es war September und die beste Reisezeit für Sizilien. Georg freute sich auf Sizilien. Die Doktorarbeit und das Letheproblem waren vorerst vergessen. »Versenkt im Lethe sei / Auf ewig das Vergangene«, memorierte Georg vor sich hin und genoß das Gefühl, nun wieder ganz für die Kunst da sein zu können. Und nicht nur für die Kunst, sondern auch für Bergmann, der ihm die Strickkrawatte und seine emsländische Unbeholfenheit anscheinend nicht nachgetragen hatte. In Palermo landete das Flugzeug knapp vor dem Ende der Landebahn. Noch wenige Meter, und die Maschine wäre ins Meer gestürzt, was aber keinen der Mitreisenden sonderlich nervös machte. In der Ankunftshalle stand ein Mann, der ein Schild mit der Aufschrift »Signor Georg« hochhielt. Das mußte sein Fahrer sein. Schade, daß Bruno ihn nicht abholte. Georg hatte sich schon auf den Bentley gefreut. Nun mußte er mit einem Mercedes Diesel und einem ihm unbekannten Fahrer vorliebnehmen, bei dem es sich um einen wortkargen Sizilianer mit bäuerlichem Aussehen handelte. Georgs Italienisch reichte nicht aus, um mit ihm mehr als ein paar Floskeln auszutauschen. Also setzte er sich auf den Rücksitz und genoß die Fahrt durch die sizilianische Landschaft, die sich in Küstennähe gar nicht so sehr von der schottischen unterschied. Wenig Vegetation, fast nur Felsen und Gras. Nur daß das Gras hier nicht grün, sondern schmutziggrau und verbrannt war. Es war ziemlich weit bis San Vito Lo Capo, wobei Bergmanns Villa nicht in dem Ort selbst, sondern außerhalb und zwischen Hügeln versteckt lag. Als sie sich endlich ihrem Ziel näherten, sah man schon aus einiger Entfernung das breite viereckige Turmgebäude der Villa. Das mußte der »Turm des Maestro« sein, wie Georg aus dem *Gardener* wußte. Eine aus Natursteinen gefügte Mauer säumte das Anwesen, das ziemlich groß schien und sogar ein Pinienwäldchen und einen Olivenhain umfaßte. Der Fahrer hielt vor einem eisernen Tor und hupte zweimal. Kurz darauf wurde das Tor von einer Frau in Küchenschürze und mit weißer Küchenhaube geöffnet, bei der es sich offensichtlich um die Köchin oder Haushälterin handelte. Auch der Fahrer schien zu Bergmanns Personal zu gehören, denn er fuhr den Wagen in den Innenhof und stellte ihn dort in einer Garage ab, in der bereits ein beigefarbener Jeep und auch der Bentley parkten. Die Frau begrüßte Georg auf italienisch und brachte ihn in sein Zimmer, das sich in einem Seitentrakt des Hauses befand und kein bloßes Zimmer war, sondern ein kleines Apartment mit Schlafraum, Arbeitsraum und Bad. Das Arbeitszimmer hatte zudem einen Zugang zum Garten und eine eigene Terrasse, die ebenfalls möbliert, mit Stühlen und einem Arbeitstisch ausgestattet war. Der beste Ort, um eine Hymne zu schreiben, dachte Georg, nachdem er sein Gepäck abgestellt hatte und auf die Terrasse getreten war. Er mußte sich allerdings anstrengen. Auf dem Flugticket, das Bergmann für ihn am Flughafen Tegel hatte deponieren lassen, war sein Rückflug für den nächsten Donnerstag eingetragen. Er hatte also, den An- und Abreisetag nicht eingerechnet, vier Tage Zeit für die Hymne. Nachdem Georg sein Gepäck ausgeräumt und sich gerade auf die Terrasse gesetzt hatte, um die sizilianische Luft, den Duft von Pinien und Gräsern zu genießen, klingelte das Telefon. Bruno war am Apparat. Er begrüßte Georg auch diesmal so knapp und lakonisch, als wenn sie sich gestern erst gesehen hätten, und sagte, daß Bergmann ihn im Salon erwarte. Er könne durch den Garten und über die große Terrasse gehen. Die Türen seien offen. Georg verließ das Apartment, ging zum Haupthaus über gepflegten und trotz des sizilianischen Sommers noch immer grünen Rasen und betrat über eine große Terrasse, auf der ein steinerner Eßtisch sowie etliche schmiedeeiserne Stühle standen, den Salon. Der Salon erinnerte ihn an Bergmanns Suite im Plaza, nur daß er um vieles größer war. Aber auch hier gab es einen Kamin, mehrere Spiegel, die bis zur Decke reichten, und antike Möbel. Darüber hinaus sah Georg einen Flügel sowie ein enormes und ebenfalls antikes Bücherregal, in dem sich großformatige gebundene Werke fanden. Bei näherem Hinsehen sah Georg, daß es sich um die Werke Bachs, Mozarts, Wagners und Bergmanns handelte. Wobei erstere einheitliche

Werkausgaben waren, während Bergmanns Werk in Form von zahlreichen Einzelausgaben im Regal stand; eine Werkausgabe zu Lebzeiten war anscheinend nicht vorgesehen, hätte auch bei dem Arbeitstempo des Komponisten ständig ergänzt werden müssen. Rein mengenmäßig, das sah Georg auf einen Blick, konnte Bergmann bereits jetzt mit seinen großen Kollegen mithalten. Georg war kein Musiker, Partituren sagten ihm nicht viel, allerdings entdeckte er unter den Wagner-Werken auch den »Tristan«, was ihn auf die Idee brachte, sich den Tristanakkord einmal aus der Nähe anzuschauen. Wagner stand ziemlich weit oben. Georg stieg auf eine kleine Holzleiter, bei der es sich ebenfalls um ein antikes Möbelstück handelte, und griff nach der Partitur. Um sie zu erreichen, mußte er sich noch immer ein wenig strecken. Mit der linken Hand hielt er sich am Regal fest, mit der rechten zog er die Partitur heraus. Das Exemplar war jedoch so schwer, daß Georg es nicht mit einer Hand halten konnte. Er wollte die andere zu Hilfe nehmen, geriet aber aus dem Gleichgewicht, mußte sich darum erneut am Regal festhalten, was zur Folge hatte, daß ihm die Partitur aus der rechten Hand rutschte und krachend auf dem Boden landete. Georg stieg von der Leiter und sah in dem Moment, als er die Partitur aufheben wollte, daß Bergmann neben dem Kamin stand und ihn beobachtete. Bergmann sagte: »Hello«, mit leicht amerikanischem Akzent, Georg sagte: »Guten Tag« und: »Der Tristan ist runtergefallen.« Bergmann sagte: »Wenn Sie fertig sind, unterhalten wir uns« und verließ den Raum, worauf Georg den »Tristan« aufhob und so vorsichtig wie möglich ins Regal zurückstellte. Dann wartete er auf Bergmann, der sich allerdings ziemlich viel Zeit ließ. Nach ungefähr zwanzig Minuten tauchte er auf, diesmal mit einem Whiskyglas in der Hand. »Möchten Sie einen Whisky«, fragte er Georg, worauf dieser sich an die Whiskyszene auf Scarp erinnerte und vorsichtshalber »Nein, danke« sagte. Bergmann nippte an seinem Whisky, stellte dann sein Glas auf dem Kaminsims ab und schlug vor, in den Garten zu gehen, um alles zu besprechen. Der Garten war beinahe ein Park, eine Art Landschaftsgarten, so daß sie zuerst durch den Blumengarten, dann durch den Olivenhain, danach über den kleinen Weinberg, schließlich durch das Pinienwäldchen gingen, in dem sich ein solide gebautes und komfortabel aussehendes Holzhaus befand. »Stevens Studio«, sagte Bergmann und ging auf das Haus zu, klopfte an die Tür und wartete einen Moment. Steven erschien in der Tür. Er wirkte bleich und übernächtigt, Georg konnte sehen, daß er an einem mit Partiturseiten bedeckten Schreibtisch arbeitete. »Herr Zimmer ist eingetroffen«, sagte Bergmann. Steven begrüßte Georg und fragte ihn, was die Doktorarbeit mache. »Ich konzipiere noch«, sagte Georg. Um zu verhindern, daß Steven Genaueres wissen wollte, stellte er die Gegenfrage: »Und Ihre Diss?« Er sagte »Diss« statt Dissertation. Das handhabte man so unter Akademikern und stellte Vertrautheit her. »Im Prinzip sehr gut«, sagte Steven, nur komme er im Moment nicht dazu. Er schreibe gerade an einer Analyse der »Elysian Fields« für das Programmheft der Uraufführung. Und das, obwohl das Stück noch gar nicht fertig sei. Aber Bergmann überlasse ihm die Skizzen, und so könne er gewissermaßen fortlaufend analysieren und kommentieren, was Bergmann gerade komponiert hatte. Georg war beeindruckt von der Effizienz, mit der hier gearbeitet wurde. Bergmann komponierte, Steven analysierte, und jetzt würde Georg auch noch dichten. Nun wurde Bergmann, der die ganze Zeit schweigend zugehört hatte, ungeduldig, sagte auf italienisch »Buon lavoro« zu Steven und ging mit Georg zum Swimmingpool hinunter, der sich beinahe gänzlich verborgen in einer Senke des Geländes befand. Bergmann setzte sich auf einen der Korbstühle, die am Pool standen, Georg setzte sich daneben, dann griff Bergmann nach einem Telefon, auch der Pool hatte Telefon, und bat die Haushälterin, das Whiskyglas, das auf dem Kaminsims stehe, hinunter zum Pool zu bringen. Bis jetzt hatten sie noch nicht über die Arbeit gesprochen. Während des Spaziergangs durch den Garten hatte Bergmann sich entweder an einzelnen Pflanzen zu schaffen gemacht oder aber den Zustand einer Treppe, eines Mauerstücks oder eines Blumenbeets kommentiert. Nun allerdings kam er ohne Umstände zur Sache, daß heißt zur Hymne, die Georg schreiben sollte. Bergmann hatte einerseits sehr allgemeine, andererseits aber auch sehr genaue Vorstellungen von dem Text. Einerseits wünschte er sich, daß die Hymne vor allem »schön und betörend« sein solle, was Georg ziemlich einschüchterte. Je öfter Bergmann »schön und betörend« sagte, um so größer wurden Georgs Zweifel, ob er dieser Aufgabe überhaupt gewachsen war. Doch die Hymne sollte nicht nur schön und betörend sein, sondern auch einen bestimmten Versfuß haben. Er ziehe Daktylen vor, sagte Bergmann, und besonders gut würden ihm Elegische Distichen gefallen. Georg sagte: »Ist in Ordnung, kein Problem«, obwohl er bis zu diesem Augenblick noch nie etwas von Elegischen Distichen gehört hatte. Und das nach zwölf Semestern Literaturwissenschaft. Außerdem solle die Hymne mindestens vierzehn Zeilen haben, gegebenenfalls auch sechzehn, aber lieber vierzehn, zudem solle sie die Schöpfung preisen, von der Schönheit der Natur, von der Harmonie des Sternenhimmels, dem Glück der Liebe usw. handeln, dürfe ruhig überschwenglich, aber auf keinen Fall kitschig sein und müsse mit einem Wort enden, in dem der Vokal a vorkomme. »Mit a?« fragte Georg, weil er nicht sicher war, ob er richtig verstanden hatte. »Mit a«, sagte Bergmann, »wegen der Singbarkeit.« Dann erhob er sich von seinem Stuhl, sagte: »Am besten gleich anfangen« und verließ den Pool mit schnellen Schritten, so daß Georg nichts anderes übrigblieb, als ihm nachzulaufen. Auf dem Weg zum Haus kam ihnen die Haushälterin mit dem Whiskyglas entgegen, doch Bergmann sagte nur: »Zu spät«, so daß die Haushälterin den Whisky wieder zurücktrug. Bergmann ging an der großen Terrasse vorbei in Richtung »Turm des Maestro«, der auch auf der Gartenseite einen Zugang hatte. Von hier aus sah Georg die sogenannten Lawson-Zypressen, die der *Gardener* erwähnt hatte und die hoch und düster das Gelände vor dem Turm überragten. Während Bergmann die Tür zum Turm öffnete, sagte er noch, daß sie sich ranhalten müßten, daß am Sonntag Besuch zum Lunch und am Montag Mary käme, um mit den Reinschriften zu beginnen. Dann verschwand er im Turm und ließ einen verstörten Georg zurück, in dem der Name Mary plötzlich einen ihm bisher unbekannten Schmerz ausgelöst hatte. Es war so etwas wie eine Panik, die auf seine Atemwege und seine Lungen drückte und ihm für einen kurzen Moment Todesangst bereitete. Er atmete einige Male tief durch, der Krampf auf der Brust und in den Lungen löste sich wieder, und nun konnte er sich sogar darauf freuen, Mary wiederzusehen. »See you in Sicily«, hatte sie in New York gesagt. Georg lief noch ein wenig durch den Garten, wobei er auch den landwirtschaftlichen Teil des Anwesens entdeckte, in dem es Enten, ein Taubenhaus, Hühner und ein ganzes Dutzend weißer Pfauen gab. Ein Pfauenrudel, dachte Georg, oder sagte man Pfauenherde? Auf jeden Fall eine beeindruckende Ansammlung edler und schneeweißer Tiere, die sich allerdings ganz unaristokratisch unter das Hühnervolk gemischt hatten und sich nicht anders benahmen als die Hühner auch. Georg ging in sein Apartment zurück, um sich an die Arbeit zu machen. Vierzehn Zeilen in vier Tagen, das mußte zu schaffen sein. Um sich die Arbeit zu erleichtern, hatte er eine umfangreiche Anthologie »Lyrik des Abendlands« dabei sowie einen Band Hölderlin. Wenn er Gedichte schrieb, dann mußte er auch Gedichte lesen, um sich inspirieren zu lassen. Wohl inspirierte ihn das Leben, aber mehr noch inspirierten ihn andere Texte. Diese Erfahrung hatte er früher schon gemacht, und er hoffte, daß ihm die Lektüre auch hier weiterhelfen würde. Bergmann hatte doch in

New York von Hölderlin gesprochen, also hatte er den Band mitgenommen, obwohl ihm Hölderlin aus irgendeinem Grunde immer fremd geblieben war. Er blätterte noch einmal in Hölderlins Hymnen, und jetzt wußte er plötzlich, was ihn an Hölderlin immer am meisten gestört hatte: der hymnische Ton. Ihm ging Hölderlins hymnischer Ton auf die Nerven. Abgesehen davon, daß ihm auch nicht gefiel, daß Hölderlin einen Text mit dem Wort »Heil« oder mit »Jubel! Jubel!« beginnen ließ. Aber das war ja auch hymnisch. Etwas besser gefielen ihm Zeilen wie »Mich umschimmern Orionenheere, / Stolz ertönet der Plejaden Gang«. Da war zumindest die Harmonie des Sternenhimmels, von der Bergmann geredet hatte. Aber es war niemals ein Elegisches Distichon. Wahrscheinlich würde ihm die Hölderlin-Lektüre nicht helfen, dachte Georg und ging einen Moment auf die Terrasse, wo es inzwischen dämmerte und der Garten sich dunkel färbte. Es war so still, daß Georg glaubte, seinen eigenen Herzschlag hören zu können. Er konnte von hier aus Bergmanns Turmgebäude und die Lawson-Zypressen sehen, die wie Totenmale in der Dämmerung standen. Georg ging wieder hinein. Er hatte gesehen, daß im Turm bereits Licht brannte, und auch Georg knipste nun das Licht an, das ein weißes und noch immer gänzlich leeres Blatt auf seinem Schreibtisch beleuchtete. Es war alles perfekt. Er befand sich im Süden in einem Garten, der beinahe ein Paradiesgarten war, und er war Gast und, wenn alles gutging, auch Mitarbeiter des berühmten Komponisten, und er brauchte nichts als diese vierzehn Zeilen, um sich ein Stück Unsterblichkeit zu sichern. Natürlich nur ein winziges Stück, das war ihm klar. Eine einzige Erwähnung im *Grove* und in der *MGG*, und dazu noch in Klammern. Eine Trittbrettunsterblichkeit. Aber immerhin. Doch die vierzehn Zeilen waren nicht da. Es war noch nicht mal eine einzige da. Georg blätterte noch einmal und ein wenig abwesend in den Hölderlin-Gedichten, und ohne es zu wollen, setzte er plötzlich seinen Lethe-Suchblick wieder ein, was auch bald zu einem Fund führte: »Was vergessen wallt an Lethes Strande, / Was der Enkel eitle Ware deckt, / strahlt heran im blendenden Gewande, / Freundlich von der Göttin auferweckt.« Die Verse gefielen ihm, obwohl er nicht sicher war, sie zu verstehen. Sie klangen optimistisch, aber nicht hymnisch. Und gegen Optimismus hatte er nichts. Er blätterte weiter, noch immer mit Lethe-Suchblick, der sich nicht abstellen ließ, fand aber nicht Lethe, sondern Mnemosyne. »Lethe«, hatte sein Doktorvater gesagt, »und nicht Mnemosyne.« Doch was er jetzt unter dem Titel »Mnemosyne« las, das rührte ihn plötzlich. Und es paßte zu der sizilianischen

Dämmerung, aus der beinahe und in kürzester Zeit tiefschwarze Dunkelheit geworden war. »Ein Zeichen sind wir, deutungslos, / Schmerzlos sind wir und haben fast / Die Sprache in der Fremde verloren.« Georg klappte das Buch zu und ging noch einmal in den Garten hinaus. Warum vertonte Bergmann nicht Hölderlins »Mnemosyne«? Aber das war keine Hymne, das war auch kein Lobgesang. Doch es traf ziemlich genau den Zustand, in dem Georg sich an diesem Abend befand. Und plötzlich hatte er das Gefühl, daß die sizilianische Dunkelheit sich zu bewegen schien, daß die Schwärze wanderte, vorbeizog an ihm und an seiner Terrasse, und daß sie dabei immer ein wenig dunkler und düsterer wurde. Das Läuten des Telefons riß ihn aus seinen Gedanken. Es war Bruno, der zum Essen rief. Georg hatte keinen Hunger, und ihm war auch nicht nach Konversation. Nur auf den Wein freute er sich. Glücklicherweise verlief das Essen weder besonders zeremoniell noch besonders gesprächig. Es verlief in Wahrheit überhaupt nicht gesprächig, da Bergmann die ganze Zeit über mit einem schnurlosen Telefon, das wie ein altertümliches Funkgerät aussah und eine lange Metallantenne hatte, Telefongespräche führte. Bergmann telefonierte, Bruno, Steven und Georg aßen und schwiegen. Bruno brauchte nicht zu servieren, das tat die Haushälterin, die nun keine

Küchenhaube mehr trug, sondern eine Servierhaube. Wenn Bergmann nicht telefonierte, dann unterrichtete er Bruno und Steven über den Inhalt des jeweiligen Telefonats, bis er erneut zum Telefon griff und die nächste Nummer wählte. Die Telefonate setzte er auch dann noch fort, als das Essen beendet war und die Haushälterin eine Schale mit Obst auf den Tisch stellte. Georg verzichtete auf das Obst und bat statt dessen um weiteren Rotwein, der ihm ausgezeichnet schmeckte und dem er sich bereits während des Essens ausgiebig gewidmet hatte. Er trank ein letztes Glas beinahe in einem Zug und verabschiedete sich dann, um zu Bett zu gehen, während Bergmann noch immer mit organisatorischen Dingen beschäftigt war. Am nächsten Morgen ging er zuerst zum Swimmingpool hinunter. Er hatte einen schweren Kopf, und das Schwimmen würde ihm guttun. Im Garten traf er den Fahrer, der anscheinend auch der Gärtner war und der sich gerade an einem der Blumenbeete zu schaffen machte. Nach dem Schwimmen ließ Georg sich von der Haushälterin Kaffee, Brot, Butter und Konfitüre bringen und nahm sich vor, sofort mit der Arbeit zu beginnen. Auch Bergmann schien bereits zu arbeiten. Georg hatte, als er zum Pool gegangen war, aus den geöffneten Turmfenstern einige Klaviertöne gehört. Kein Klavierspiel, bloß ein paar Töne. Und er wußte aus

Scarp, daß dies bedeutete, daß Bergmann komponierte. Georg blätterte erneut in den Büchern, diesmal aber nicht im Hölderlin, sondern in der »Abendland«-Anthologie, wo er ein Gedicht mit dem Titel »Hymne« von Georg Heym fand. Das war es, daran konnte er sich orientieren. Natürlich war es eine düstere Hymne, eine Anti-Hymne, ein Untergangslied, aber er konnte daraus eine Umkehrung machen, eine Anti-Anti-Hymne, was logischerweise wieder eine echte Hymne ergab. »Unendliche Wasser rollen über die Berge / Unendliche Nächte kommen wie dunkele Heere«, hieß es bei Heym, und Georg notierte sich seine Version: »Tiefblaue Meere erheben sich aus der Dürre / Leuchtende Tage ziehen herauf aus dem Staub.« Georg war begeistert. So konnte er weitermachen. Und so machte er weiter. Noch am gleichen Vormittag hatte er seine Schöpfungshymne geschrieben, die zwar noch an Heym erinnerte, aber nicht zu sehr. Und außerdem: Wer kannte schon Heym? Daß es sich hierbei nicht um Elegische Distichen handelte, würde er auf sich nehmen. Vielleicht merkte es Bergmann ja gar nicht. Und daß das letzte Wort des Textes ein Wort mit »a« war, dafür hatte er insofern gesorgt, als er die zweite Zeile am Schluß einfach wiederholt hatte. Nun endete das Gedicht mit »Staub«, und er konnte nur hoffen, daß Staub als »a« galt und nicht als »au«.

Mit der Fertigstellung der Schöpfungshymne fühlte auch Georg sich wie neu erschaffen, »euphorisch erquickt« hatte er einmal irgendwo gelesen, und das traf auf ihn zu. Er würde den Text noch ein wenig liegenlassen, bevor er ihn Bergmann zeigen konnte. Doch alles in allem war er sich sicher, seine Arbeit gemacht zu haben. Und nun konnte er sich auf das Mittagessen freuen, zumal heute, es war Sonntag, Gäste erwartet wurden. Bei den Gästen handelte es sich um einen Pianisten und einen Sänger, die aus Frankreich angereist waren und die es der Fürsprache von Bergmanns Frau zu verdanken hatten, daß der Komponist sie empfing. »Sie hat mir wochenlang in den Ohren gelegen, dauernd schickt sie mir ihre Leute auf den Hals«, hatte Bergmann gesagt, als er vor dem Essen und dem Eintreffen der Gäste mit Georg durch den Garten gegangen war. Bergmann hatte keine Lust auf die Gäste, noch weniger hatte er Lust auf einen Sänger, der sich Hoffnungen machte, von Bergmann protegiert zu werden. Denn wenn Bergmann »ihre Leute« sagte, dann meinte er die Patienten seiner Frau. Und da seine Frau eine Dystoniespezialistin war, hatte Bergmann, wenn er es mit den Patienten seiner Frau zu tun hatte, in der Regel mit Leuten zu tun, die an irgendwelchen Krampfkrankheiten litten oder von diesen – dank Bergmanns Frau – gerade genesen waren und nun versuchten, in den Musikbetrieb zurückzukehren. Hierbei konnte ihnen Bergmann helfen, und darum bat Bergmanns Frau den Komponisten immer wieder, daß er ihre Patienten empfing. Ganz offensichtlich konnte Bergmann seiner Frau nichts abschlagen, obschon er sonst nicht der Typ war, der jemandem nichts abschlagen konnte. Als die Gäste eingetroffen waren, wurden Bergmann und Georg, die sich noch immer im Garten aufhielten, von der Haushälterin in den Salon gerufen. Bergmann ließ sich Zeit damit, den Garten zu verlassen. Er ließ sich sogar sehr viel Zeit. Georg war noch nie so langsam durch einen Garten gegangen, wie er jetzt mit Bergmann durch den Garten ging. An beinahe jeder Pflanze, jedem Strauch und jedem Baum schien Bergmann etwas zu entdecken, was ihn veranlaßte, stehenzubleiben und sich ganz der jeweiligen Entdeckung zu widmen. Und wenn er nichts im Garten entdeckte, dann fiel ihm etwas ganz Spezielles zu seiner Arbeit ein, über das er sich augenblicklich auf das genaueste äußern mußte. Zumeist waren es handwerklich-technische Dinge, von denen Georg auch nicht das mindeste verstand, was Bergmann aber nicht an seinen Ausführungen hinderte. Irgendwann aber, es ließ sich nicht vermeiden, hatten sie doch die große Terrasse erreicht und betraten den Salon. Die beiden Gäste waren gerade damit beschäftigt, das Bücherregal zu studieren, genauso wie Georg es getan hatte, nur hatte keiner von ihnen nach dem »Tristan« gegriffen. Man begrüßte sich und stellte einander vor. Der Pianist hieß Giovanni, stammte aus Florenz und lebte nun in Paris. Der Sänger hieß José Antonio, war Portugiese, aber, wie er erzählte, in Brasilien aufgewachsen und hatte dort auch Gesang studiert und lebte ebenfalls in Paris. Giovanni war ein ungefähr dreißigjähriger Mann mit Hut und Dreitagebart. Damit hatte er, so vermutete Georg, von vornherein keine Chance bei Bergmann. Zumal er den Hut nicht der Haushälterin zur Aufbewahrung übergeben, sondern auf dem Flügel abgelegt hatte. José Antonio dagegen war glattrasiert, aber deutlich übergewichtig und sprach mit einer mädchenhaft hohen Stimme. Beide redeten sie Englisch mit Bergmann, so daß auch Georg dem Gespräch einigermaßen folgen konnte. Das Gespräch blieb vorerst anekdotisch, man sprach über Florenz, über Paris, José Antonio richtete Grüße von Bergmanns Frau aus, dann wurde Bergmann nach seiner derzeitigen Arbeit gefragt, und er erzählte von den »Elysian Fields« und auch davon, welchen Part Georg hierbei übernehmen sollte. Die beiden Männer waren außerordentlich freundlich, beinahe devot, sie nannten Bergmann nicht bei seinem Namen, sondern sagten »Maestro« zu ihm. Und es hätte nicht viel gefehlt, und sie hätten auch zu Georg »Maestro« gesagt, so sehr zeigten sie sich davon beeindruckt, daß Georg für Bergmann eine Hymne schrieb. Georg war geschmeichelt und fand die beiden, je mehr sie ihm schmeichelten, um so sympathischer. Bergmann dagegen sah gelangweilt aus, außerdem starrte er mehrmals mit angeekeltem Ausdruck auf den Hut, der auf dem Flügel lag. Glücklicherweise erschien jetzt Bruno in der Tür und bat zu Tisch. Bruno war diesmal ganz als Butler gekleidet, er trug sogar weiße Handschuhe und aß nicht mit, sondern servierte nur. Während Bruno bereits die Pasta aufgetragen hatte, erschien auch Steven zum Essen, verspätet und wie gestern blaß und gestreßt wirkend. Er entschuldigte sich damit, daß er mitten an dem Text für das Programmheft sei und Bergmann auch gleich einmal etwas fragen müsse, was einen Taktwechsel im 2. Satz angehe. Während die anderen ihre Nudeln aßen, erläuterte Bergmann Steven den Taktwechsel, und dieser scheute sich auch nicht, sich sogleich einige Notizen zu machen. Dann wurde das Gespräch wieder anekdotisch und drehte sich vor allem um den Musikbetrieb und hierbei speziell um den Sängernachwuchs. Die beiden kannten sich aus, anscheinend hatten sie an allen möglichen Akademien schon studiert oder zu tun gehabt. Sie erzählten von Florenz, von Paris, von

Rom, aber auch von Buenos Aires und von Rio de Janeiro. Giovanni hatte sogar schon in Ägypten zu tun gehabt, als Klavierbegleiter. Er kannte auch die Musikakademie von Kairo sowie die Kairoer Opernszene. Bei dem Wort »Kairoer Opernszene« mußte Bergmann grinsen und sagte nicht ohne eine gewisse Häme: »Na, das wird was sein.« Giovanni hatte die Häme nicht bemerkt oder nicht verstanden, auch Georg hatte nicht recht gewußt, worauf Bergmanns Bemerkung eigentlich zielte. Allerdings konnte auch er sich eine Kairoer Opernszene nicht so recht vorstellen. Kairo, das waren für ihn Luftverschmutzung, Anschläge auf Touristen und Menschen, die auf Müllbergen hausten. Für Giovanni war Kairo aber etwas ganz anderes. Kairo war für ihn voller Snobs und Opernfans. Einer von ihnen wohnte beispielsweise in einem Hochhaus am Nilufer. Der Mann besaß ein Penthouse in diesem Hochhaus, das sich unter anderem dadurch auszeichnete, daß es über einen eigenen Fahrstuhl für das Auto des Penthousebesitzers verfügte. Man konnte seinen Wagen vor der eigenen Wohnungstür abstellen, obwohl diese Tür im dreißigsten Stock eines Hochhauses lag. Auf Georgs fragenden Blick hin versicherte Giovanni, daß es in Kairo noch andere Dinge gäbe, von denen man sich keine Vorstellung mache. Georg hätte gern noch mehr von diesen Dingen erfahren, aber nicht nur er, auch die Gäste merkten, daß Bergmann sich langweilte. Das Penthouse mit dem Autofahrstuhl schien ihn überhaupt nicht zu beeindrucken, und er schaute drein, als ließe er sich am liebsten sein Funktelefon kommen, um ein paar Telefongespräche zu führen. Nach wenigen Minuten unterbrach er denn auch Giovannis Erzählungen und fragte ziemlich abrupt, warum die beiden ihn eigentlich aufgesucht hätten. Nun schaltete José Antonio sich ein und erläuterte sein Anliegen, während Bruno den zweiten Gang servierte, der rein vegetarisch war, aus verschiedenen Gemüsesorten und Kartoffeln bestand. José Antonio sagte ohne Umstände, daß er Sänger sei und für einige Zeit wegen gesundheitlicher Probleme nicht habe auftreten können. Inzwischen sei er von Bergmanns Frau behandelt worden, die ihm geraten habe, doch einmal Bergmann vorzusingen. Alles andere würde sich dann möglicherweise ergeben. Seine Erkrankung habe aber nichts mit seiner hohen Stimmlage zu tun, sondern mit Atemproblemen. Warum er sich denn für diese Stimmlage entschieden habe, wollte Bergmann wissen, schließlich sei man als Countertenor ja nur begrenzt einsetzbar. Er beispielsweise habe nur ein einziges Mal für Countertenor geschrieben. Er habe keine Wahl gehabt, sagte José Antonio daraufhin, nach seiner Pubertät sei der Stimmbruch einfach ausgeblieben. Er habe die Stimme behalten, die er vorher hatte. »Einfach so?« fragte daraufhin Georg, der nicht wußte, um welch delikate Angelegenheit es sich hierbei handelte. Nicht nur seine Stimme habe sich während der Pubertät nicht verändert, auch sein Körper habe sich nicht verändert, sagte José Antonio daraufhin. Höchstens insofern, als er dicker geworden sei. »Und das wirkt sich auf die Stimme aus?« fragte Steven nun, der anscheinend auch keine Ahnung von Problemfällen wie diesem hatte. Das wirkte sich insofern auf die Stimme aus, erläuterte José Antonio nun, als sich auch seine Hoden nicht verändert hätten. Er habe Kinderhoden, sagte der Sänger ohne die geringste Hemmung, worauf Bergmann nach Bruno rief, der in der Servierküche schon mit dem Dessert wartete, und weiteren Wein bringen ließ. Ganz offensichtlich handelte es sich bei dem Sänger um so etwas wie einen Kastraten, was Georg ziemlich schockierend fand, sich aber nicht anmerken ließ. Die anderen ließen sich ebenfalls nichts anmerken, so daß José Antonio nun auch noch erzählte, daß er verschiedene Untersuchungen habe vornehmen lassen, Hodenfunktionsuntersuchungen, Hodenvermessungen, was aber immer nur zu dem Ergebnis geführt habe, daß es sich bei seinen Hoden eben um Kinderhoden handle. »Das Dessert nehmen wir später«, sagte Bergmann daraufhin, »vielleicht sollten Sie jetzt singen.« Darauf gingen alle in den Salon hinüber, Bergmann und Georg nahmen ihr Weinglas mit, Steven ein Glas mit Wasser, der Begleiter setzte sich an den Flügel, auf dem noch immer sein Hut lag, und der Sänger stellte sich in Position. Er kündigte die Arie »Che farò senza Euridice« aus Glucks »Orpheus und Eurydike« an, worauf Bergmann schon einmal, sozusagen prophylaktisch, damit begann, sich die Schläfen zu reiben, als habe er mit Migränesymptomen zu kämpfen. Während des gesamten Vortrags hatte Bergmann große Mühe, nicht beständig weiter seine Schläfen zu reiben. Wenn er nicht seine Schläfen rieb, dann fuhr er sich mit den Händen durch das Haar, und wenn er sich nicht durch das Haar fuhr, dann nahm er einen Schluck Wein und kaute diesen, bevor er ihn hinunterschluckte, mit so großer Sorgfalt durch, als würde er sich auf einer Weinprobe befinden, in der gerade ein Jahrhundertwein verkostet wurde. Die Arie dauerte relativ lange, und der Sänger sang sie in wahrhaft kastratenhafter Manier. Wohl wie ein Knabe, aber doch leicht verschärft und schrill und eher so wie ein Mann, der einen Knaben imitiert, in Wahrheit aber wie eine Frau klingen möchte. Georg hatte so etwas noch nie gehört, Steven schien diese Art des Gesangs bereits zu kennen, denn er saß aufrecht und mit geradezu musikwissenschaftlichem Gesichtsausdruck im Sessel und lauschte dem Gesang. Nur Bergmann hatte enorme Mühe. Nicht nur mit dem Zuhören, sondern auch mit dem Sitzen. Er hatte inzwischen das ganze Glas Wein durchgekaut und machte mehrmals Anstalten, sich aus dem Sessel zu erheben, hielt sich aber aus Höflichkeit zurück. Natürlich hatte der Sänger, der theatralisch in die Ferne zu blicken versuchte, in Wahrheit aber beständig Bergmann beobachtete, Bergmanns Ungeduld längst bemerkt. Mit dem Effekt, daß er seine Anstrengungen verstärkte und den Mann, der einen Knaben imitierte, zu einem hysterischen Mann steigerte, der einen ebenso hysterischen Knaben imitierte. Als die Arie zu Ende war, verbeugte sich José Antonio, der Klavierbegleiter verbeugte sich ebenfalls, Steven und Georg klatschten, und Bergmann erhob sich mit den Worten »Bin gleich zurück« und verließ den Raum. Die Gäste blickten irritiert dem Komponisten nach und wußten nicht, was sie sagen sollten. Auch Georg sagte nichts. Steven schwieg ebenfalls. Einerseits fühlte Georg die Verpflichtung, etwas zu sagen, schließlich hatten die beiden sich auch um ihn bemüht. Andererseits waren es ja nicht seine Gäste. Also mußte er sich auch nicht wie ein Gastgeber benehmen. Diese Rolle übernahm Steven nun, der den beiden weiteren Wein anbot, den diese auch annahmen, so daß

Steven in die Servierküche ging und mit einer Karaffe voll Rotwein zurückkam. Dann sagte er noch halbwegs diplomatisch, daß Gluck schwerer zu singen sei, als man gemeinhin denke, worauf José Antonio aber nichts erwiderte. Von Bergmann war noch immer nichts zu sehen, und nach einer weiteren Zeit peinlichen Schweigens sagte Steven, daß er nachschauen werde, wo Bergmann bleibe. Steven erhob sich, verließ den Salon und ließ Georg mit den beiden Männern allein. Wein hatten sie jedenfalls genug, und nun warteten sie schweigend und an ihren Gläsern nippend wenigstens eine weitere Viertelstunde auf Steven. Aber auch der ließ sich nicht mehr blicken, so daß Georg gewissermaßen in der Falle saß. In der Kastratenfalle. Aber auch die beiden Männer saßen in der Falle. In der Maestrofalle. Da waren sie von so weit her angereist, und Bergmann hatte kein einziges Wort zu ihnen gesagt. Wären sie bei Verstand gewesen, dann hätten sie sich verabschiedet und das Haus verlassen. Aber die Hoffnung, alles könnte sich noch zum Guten wenden, hinderte sie daran. Die einzige Verbindung zu Bergmann, die sie jetzt hatten, war Georg. Georg war ihr Rettungsanker. Das wirkte sich insofern aus, als sie nun alles über Georgs Beziehung zu Bergmann wissen wollten. Wie lange sie schon miteinander arbeiteten, ob sie befreundet seien, wie eng sie befreundet seien, ob Georg schon oft hier zu Gast gewesen sei, ob auch andere Sänger öfter hier zu Gast seien, ob Bergmann sich niemals von seinen Gästen verabschiede usw. Georg wollte aber kein Rettungsanker sein. Was gingen ihn der Kastrat und sein Klavierbegleiter an. Wenn überhaupt, dann wollte er selbst gerettet werden. Und er wollte auch nicht den Nachmittag mit den beiden im Salon verbringen. Sie waren imstande zu warten, bis Bergmann zum Abendessen wiederauftauchte. Um sie loszuwerden, spielte Georg sein Verhältnis zu Bergmann soweit wie möglich herunter. Bergmann kenne er nur flüchtig, auch sei er zum erstenmal hier zu Gast und wisse auch nicht, ob sich wieder einmal die Gelegenheit ergeben werde, und daß er für Bergmann schreibe, sei purer Zufall. Eigentlich würden für Bergmann ganz andere Leute schreiben, aber aus einer Laune heraus habe Bergmann ihn um eine Hymne gebeten. Es sei wahrscheinlich ein künstlerisches und vor allem soziales Experiment, daß Bergmann ihn für sich schreiben lasse. Georg wisse es selbst nicht so genau. Auf jeden Fall sei es praktisch für Bergmann. Denn wenn er für Bergmann eine Hymne schreibe, dann brauche der sich nicht um irgendwelche Rechte zu kümmern und auch keine Tantiemen zu bezahlen. Wenn er für Bergmann eine Hymne schreibe, dann würde er Bergmann die

Hymne einfach auf den Tisch legen – und fertig. Das genügte, um das Interesse der beiden an Georgs Person schlagartig erlöschen zu lassen. Nachdem sie sich noch einmal nach Steven erkundigt hatten, Georg ihnen aber auch hier nicht weiterhelfen konnte, verabschiedeten sie sich und verschwanden. Georg sah Bergmann erst während des Abendessens wieder. Wohl war er in angespannter Stimmung, über den Kastraten und den Klavierbegleiter verlor er aber kein Wort. Er tat geradezu so, als wenn es den Besuch der beiden gar nicht gegeben hätte. Und natürlich hatte es auch Bergmanns grußloses Verschwinden nicht gegeben und die Tatsache, daß auch Steven verschwunden war und Georg die Situation ausbaden mußte. Auch Georg erwähnte die beiden nicht mehr und ging betrübt zu Bett. Nicht wegen des Kastraten, sondern wegen eines Anrufs, den Bergmann während des Abendessens erhalten hatte. Es war Mary, die ankündigte, einen Tag später zu kommen, was bedeutete, daß Georg sie nur sehr kurz sehen würde. Den nächsten Tag verbrachte er lesend und schwimmend und den sizilianischen Spätsommer genießend. Bergmann sah er außer während der Mahlzeiten den ganzen Tag über nicht. Auch Steven und Bruno blieben außer Sichtweite, so daß er beinahe das Gefühl hatte, völlig allein auf dem Anwesen zu sein. Sicherheitshalber schaute er, nachdem er vom Pool in sein Apartment zurückgekehrt war, noch einmal in seinen Text hinein. Er war noch immer mit der Hymne zufrieden, so daß er sie am Tag darauf und einen Tag vor seiner Abreise Bergmann vorlegen wollte. Wohl fühlte er am nächsten Morgen eine gewisse Anspannung wegen des Textes, war aber nach wie vor zuversichtlich, daß er gut gearbeitet hatte. Er hatte mit Bergmann bereits einen Zeitpunkt vereinbart, um ihm den Text zu zeigen. Es war auch diesmal nicht ganz einfach gewesen, einen Termin zu finden, obwohl Bergmann den Text doch so schnell wie möglich brauchte. Nun aber war es soweit, und sie trafen sich eine Stunde vor dem Mittagessen auf der großen Terrasse. Bergmann hatte sich von Bruno eine Karaffe mit Wein und zwei Gläsern bringen lassen, den vorgezogenen Mittagswein, und Bruno hatte Bergmann bei dieser Gelegenheit mitgeteilt, daß Mary am Nachmittag eintreffen werde, der Fahrer sei bereits unterwegs zum Flughafen, um sie abzuholen. Dann legte Georg Bergmann das Blatt mit der Hymne vor. Er hatte den Text mit seiner Reiseschreibmaschine getippt und eigens ein neues Farbband benutzt. Bergmann trank einen Schluck Rotwein, nahm das Blatt zur Hand, warf einen Blick auf den Text, legte das Blatt wieder weg und griff zum Funktelefon, das auf dem Tisch lag. Dann wählte er eine Nummer, bekam aber keine

Verbindung, sagte zu Georg: »Niemand da« und nahm sich das Blatt wieder vor. Er schaute nun etwas länger auf das Blatt, bis er es im Hintergrund rascheln hörte. Es war der Gärtner, der sich im Garten zu schaffen machte. »Mit den Oliven kennt er sich aus, aber von Blumen hat er keine Ahnung. Wenn der eine Blume anfaßt, geht sie ein. Ein echter Sizilianer eben«, sagte er dann zu Georg, worauf dieser nichts sagte, sondern weiter darauf wartete, was Bergmann von seinem Text hielt. Der nahm sich das Blatt noch einmal vor und sagte dann mit leiser, tonloser Stimme: »Prima, sehr gut.« Georg war erleichtert und enttäuscht zugleich. Das war kein Verriß. Aber auch kein Lob. Das war eher ein deprimierter Seufzer, von dem Georg nicht wußte, ob er seinem Text oder irgend etwas anderem galt. Als Bergmann sich ein weiteres Mal dem Text zuwenden wollte, wurde er erneut von einem Geräusch abgelenkt. Diesmal war es Bruno, der im Garten auftauchte und in einiger Entfernung über den Rasen ging. In der rechten Hand trug er etwas, das auf den ersten Blick aussah wie ein weißes Handtuch oder ein Bündel Stoff, auf den zweiten Blick erkannte Georg, daß es einer der Pfauen war, den Bruno um den erschlafften Hals gepackt hatte. Das Tier war ganz offensichtlich tot, und Georg fragte sich, ob Bruno ihm den Hals umgedreht hatte. Konnte man Pfauen überhaupt essen? Während Georg noch über den Geschmack von Pfauenfleisch nachdachte, rief Bergmann zu Bruno hinüber: »Schon wieder einer?« Und Bruno antwortete von weitem, ohne mit dem Tier näher zu kommen: »Der dritte in einer Woche.« Dann verschwand Bruno im tiefer gelegenen Teil des Gartens, und Bergmann sagte zu Georg: »Wir haben das Pfauensterben.« Er nehme an, sagte Bergmann, daß es sich um einen Virus handle. Die beiden anderen Tiere, die in dieser Woche bereits gestorben waren, seien bereits beim Veterinäramt und würden untersucht. Während Bergmann über das Pfauensterben sprach, sah Georg, daß der Komponist bleich geworden war und ein wenig kränklich aussah. Dann wandte sich Bergmann wieder Georgs Text zu und sagte mehr zu sich selbst als zu Georg: »Schrecklich!« Georg hoffte, daß dies dem Pfauensterben galt, seine Hoffnung schwand aber in dem Moment, als Bergmann mit Blick auf die Hymne sagte, daß der Text im Prinzip sehr schön, ja sogar hervorragend sei, daß er aber thematisch an etwas anderes gedacht habe. Vor allem komme ihm zuviel Staub darin vor. Nichts gegen Staub, aber an eine Hymne auf oder auch gegen den Staub habe er nicht gedacht. Auch sei Staub ein Wort mit »au« und nicht mit »a«. Aber das nur am Rande, und, wenn er schon dabei sei, dann müsse er auch anmerken, daß er Elegische Distichen hier keine entdecken könne. Ansonsten aber ein hervorragender Text, ganz wunderbar, und er sei sich sicher, daß Georg, wenn er sich noch einmal an die Arbeit mache, die Sache perfekt hinkriegen werde. Nur solle das Ganze nicht zu sehr nach Georg Heym klingen, aber das wisse Georg ja selbst. Dann stand Bergmann auf, sagte: »Am besten gleich weitermachen. Dann alles per Eilboten bis zum Ende der Woche« und ging ins Haus. Das Blatt mit dem Text hatte er auf dem Tisch liegen lassen, und nun fühlte Georg, wie er bleich wurde und das Blut in seinen Adern absackte und ihm Schwindel bereitete. Zugleich sah er, wie eine große Hand mit einem noch größeren Radiergummi seinen Namen wieder aus dem *Grove* und der *MGG* ausradierte. Georg zweifelte daran, bis zum Wochenende eine neue Hymne zu schreiben. Und je mehr er zweifelte, um so mehr redete er sich ein, daß das Hymnenschreiben sowieso nicht seine Sache sei. In Sizilien in irgendwelchen Villen hocken und Hymnen schreiben sei ganz und gar nicht seine Sache. Seine Sache sei eine seriöse Doktorarbeit. Und wenn es denn sein müsse, auch über Schiller. Auf den *Grove* und die *MGG* verzichte er. Geschenkt. Und wenn schon eine Hymne, dann am liebsten eine auf Mary. Und während Georg an Mary dachte, durchzuckte ihn wieder dieser Schmerz, den er schon einmal gefühlt hatte und der seine Lungen und Atemwege für einen Moment zu lähmen schien. Dieser Schmerz war stärker als der über die mißlungene Hymne. Der Hymnenschmerz war ein Kunstschmerz. Der Maryschmerz war ein Lebensschmerz. So versuchte Georg, sich zu trösten und Mut zuzusprechen, was ihm aber nur halbwegs gelang. Er blieb noch ein wenig auf der Terrasse, trank von dem Wein aus der Karaffe, erst ein Glas, dann ein zweites, schließlich ein drittes, ging hinüber zu seinem Apartment, legte sich aufs Bett und schlief ein. Er erwachte am späten Nachmittag, er hatte das Mittagessen verschlafen. Er erwachte schweißgebadet und durch Alpträume gehetzt, in denen die Radiergummis herrschten. Er brauchte einen Moment, um sich zu vergewissern, wo er überhaupt war. Er war in Sizilien, in der Villa des berühmten Komponisten, doch wahrscheinlich hatte er gar kein Recht, hier zu sein. Bis zum nächsten Wochenende würde er es genauer wissen. Georg blieb noch einen Moment liegen und sah durch die geöffnete Terrassentür in den Garten hinaus. Es dunkelte früh in Sizilien. Die Sonne war zwar noch heiß, doch sie stand bereits schräg über dem Garten und verwandelte die blendende Mittagshelle in einen goldfarbenen Ton, der den Abend ahnen ließ. Georg blickte noch immer hinaus, über das Gras hin zu einer Gruppe von Bäumen, zwischen denen eine mit Laub bewachsene und verwitterte Steinskulptur stand. Er sah das sich langsam verfärbende Gras, er sah Staubkörner, die im milder werdenden Licht tanzten – und er sah Mary, die barfuß, mit hochgestecktem Haar und nur mit einem Handtuch bekleidet über den Rasen in Richtung Swimmingpool ging. Plötzlich war Georg hellwach und sprang aus dem Bett. Er lief zur Tür und schaute noch einmal nach draußen, doch die junge Frau war schon wieder verschwunden. Georg ging ins Bad, duschte kalt, um sich den Schlaf aus den Gliedern zu spülen. Nun hatte er die Gelegenheit verpaßt, Mary ganz beiläufig von seiner Terrasse aus zu begrüßen. Vielleicht hätte sie ihm vorgeschlagen, auch zu schwimmen. Nun mußte er ihr nachgehen und ihr unten am Pool Guten Tag sagen. Georg kleidete sich an und ging zum Pool hinunter, doch je näher er dem tiefer gelegenen Teil des Gartens kam, um so heftiger schlug sein Herz und um so trockener wurden sein Mund und sein Gaumen. Er stieg ein paar Steinstufen hinab, ging an einem mit schweren Früchten behangenen Quittenbaum vorbei und hörte, noch ehe er das Schwimmbecken sehen konnte, die regelmäßigen Schläge einer geübten Kraulschwimmerin. Sie trafen sich mit seinen eigenen Herzschlägen, die sich nun noch einmal ein wenig beschleunigten, so daß Georg stehenblieb und durchatmete. Er atmete, er lauschte den Schlägen, er haderte mit sich und seiner Befangenheit. Da war es wieder, was er bei sich das Emsfelde-Syndrom nannte. Georg lauschte so lange, bis die Schläge plötzlich verstummten. Nun war es still, so still, daß Georg auf Zehenspitzen vorwärtsging bis zu einer aus grauem Felsstein gebauten Mauer, auf der sich eine Eidechse wärmte, die erschrocken flüchtete. Von hier aus konnte er den gesamten Poolbereich überblicken, ohne selbst gesehen zu werden. Im Becken war niemand mehr. Sein Blick wanderte auf die andere Seite, wo die Liegen standen. Und hier, auf einer der Liegen, erblickte er Mary. Sie war nackt, trug nur ihre Sonnenbrille und hatte die Arme hinter dem Kopf verschränkt. Völlig entspannt ließ sie sich von der Nachmittagssonne wärmen. Sie war noch immer naß, hatte sich anscheinend nur notdürftig abgetrocknet, und Georg sah, wie das Wasser unter ihren Achseln, auf ihren Brüsten, um ihren Bauchnabel herum und sogar auf ihrer Scham Perlen bildete und glitzerte. Georg starrte auf die Frau und wagte nicht, sich zu rühren. Er wagte nicht einmal, irgend etwas zu denken, und er hätte am liebsten auch nichts gefühlt, denn die sehnsüchtige Erregung, die ihn jetzt überfiel, drückte ihm so auf die Schläfen und die Stirn, daß ihm fast die Tränen in die Augen traten. Er wäre am liebsten hinuntergegangen und hätte sich in den

Pool gestürzt. Todesmutig gewissermaßen. Um dann wieder aufzutauchen und Mary mit einem entspannten »Nice to meet you in Sicily« zu begrüßen und sich auf die Liege daneben zu legen. Doch dazu war er nicht Manns genug. Dazu hatte er nicht genug New York und schon gar nicht genug Manhattan in sich. Emsfelde regierte. Und Emsfelde hätte noch weiter regiert und ihn gänzlich in einen im Schmerz der Begierde erstarrten Baum oder Stein verwandelt, hätte er nicht genau gegenüber, auf der anderen Seite des Pools und zwischen zwei exotischen Büschen mit weißen trompetenförmigen Blüten, zuerst eine Bewegung, dann zwei Augen und schließlich das blasse Gesicht von Steven erkannt. Und im gleichen Moment erkannte Steven auch ihn und wurde noch ein wenig blasser, während Georg spürte, wie ihm selbst die Schamröte ins Gesicht stieg. Beide fixierten sich kurz und verließen dann fluchtartig ihre Beobachterposten. Steven verschwand hinter dem Pool im am tiefsten gelegenen Teil des Anwesens, wo Georg noch nie gewesen war und wohin, so vermutete er, Bruno den toten Pfau gebracht hatte. Georg stieg die Stufen hinauf, ging vorbei am Quittenbaum, wollte hinübergehen zum Pinienwäldchen, nur nicht ins Haus. Inzwischen hatte die Dämmerung eingesetzt, die Schatten waren lang geworden, und am östlichen Himmel konnte man bereits eine blasse Mondsichel sehen, während die Sonne sich im Westen rot färbte. Georg ging an seinem Apartment vorbei und dann auf die große Wiese vor dem »Turm des Maestro«, deren Rand die Lawson-Zypressen wie schwarze Säulen säumten. Georg blickte zum Turm hinauf und erschrak ein weiteres Mal. In einem der geöffneten Fenster seines Arbeitszimmers stand Bergmann und blickte herab. Georg war nie dort oben gewesen, aber er nahm an, daß Bergmann vom Turm aus den gesamten Garten überblicken konnte, auch den Swimmingpool. Georg ging dichter an das Gebäude heran, so konnte ihn Bergman nicht mehr sehen. Er verharrte dort eine Weile. Die Sonne stand jetzt tiefrot hinter dem Pinienwäldchen. Er konnte sehen, wie sie sich hinabbewegte, wie sie erst hinter die Zweige rutschte, dann die Stämme hinunter, um schließlich zwischen Wurzeln und Gras ganz zu verschwinden. Zugleich stieg die sizilianische Nacht auf wie ein Fluß, der langsam über die Ufer steigt. Georg trat wieder hinaus in den Garten und sah noch einmal zum Turm hinauf, doch Bergmann war nicht mehr zu sehen. Das Fenster war noch immer geöffnet, aber inzwischen erleuchtet und mit einem Vorhang verhängt. Und noch ehe Georg, der nun nicht mehr am Rand, sondern inmitten der Dunkelheit stand, seinen Weg zum Pinienwäldchen fortsetzen konnte, hörte er, wie Bergmann einen Akkord anschlug. Einen dumpfen, düsteren und plötzlich abbrechenden Akkord. Einen Akkord, der wie aus einem Abgrund heraufklang und auf den nichts mehr folgte. Nur Stille, sonst nichts.

## Hans-Ulrich Treichel

### Der Verlorene

suhrkamp taschenbuch 3061
175 Seiten

Hans-Ulrich Treichels Erzählung handelt von einer Familie, an deren Leben nichts außergewöhnlich scheint: Der Flucht aus den Ostgebieten im letzten Kriegsjahr folgt der erfolgreiche Aufbau einer neuen Existenz in den Zeiten des Wirtschaftswunders. Doch es gibt für sie nur ein einziges, alles beherrschendes Thema: die Suche nach dem auf dem Treck verlorengegangenen Erstgeborenen, nach Arnold.
Lakonisch-distanziert und zugleich ungemein komisch erzählt Treichel von den psychischen Auswirkungen der Brudersuche, von den emotionalen Höhen und Tiefen und den subtilen Mechanismen, die die Eltern und auch der Sohn im Umgang mit dieser alle belastenden Situation entwickeln.

»Ein wunderbarer historischer Roman. Von einer großen Komik, hinter der die Trauer einer Kindheit steckt.«
*Hellmuth Karasek im ›Literarischen Quartett‹*

»Traurig wie Nachsitzen, komisch wie überstandene Katastrophen und skurril wie das vergangene Leben.«
*Verena Auffermann, Süddeutsche Zeitung*

NF 412/1/9.01